왼바라기

임채성

경남 남해(창선도)에서 태어나 동국대 국어국문학과를 졸업. 2008년 서울신문 신춘문예로 등단하여 2010년과 2016년 서울문화재단 문학창작지원금을 받았다. 오늘의시조시인상과 중앙시조대상 신인상, 천강문학상 우수상(시조부문), 김만중문학상 우수상(시·시조부문) 등을 수상했다. 시집『세렝게티를 꿈꾸며』, 현대시조 100인선집『지 에이 피』를 발간했다. 현재〈21세기시조동인〉으로 활동하고 있다.
E-mail : awriter@naver.com

황금알 시인선 166

왼바라기

초판발행일 | 2018년 2월 22일

지은이 | 임채성
펴낸곳 | 도서출판 황금알
펴낸이 | 金永馥
선정위원 | 김영승 · 마종기 · 유안진 · 이수익
주간 | 김영탁
편집실장 | 조경숙
표지디자인 | 칼라박스
주소 | 03088 서울시 종로구 이화장2길 29-3, 104호(동숭동)
물류센타(직송 · 반품) | 100-272 서울시 중구 필동2가 124-6 1F
전화 | 02)2275-9171
팩스 | 02)2275-9172
이메일 | tibet21@hanmail.net
홈페이지 | http://goldegg21.com
출판등록 | 2003년 03월 26일(제300-2003-230호)
ⓒ2018 임채성 & Gold Egg Publishing Company Printed in Korea
값은 뒤표지에 있습니다.
ISBN 979-11-86547-92-2-03810

*이 책 내용의 전부 또는 일부를 재사용하려면 반드시 저작권자와 황금알 양측의
 서면 동의를 받아야 합니다.
*잘못된 책은 바꾸어 드립니다.
*저자와 협의하여 인지를 붙이지 않습니다.
*이 책은 서울문화재단의 '2016년 예술창작지원사업(문학창작집 발간)'의 지원으로
 발간되었습니다.
*이 도서의 국립중앙도서관 출판예정도서목록(CIP)은 서지정보유통지원시스템
 홈페이지(http://seoji.nl.go.kr)와 국가자료공동목록시스템(http://www.nl.
 go.kr/kolisnet)에서 이용하실 수 있습니다.(CIP제어번호: CIP2018002747)

윈바라기

임채성 시집

황금알

서시序詩

배고프면 찡그리고

배부르면 웃음 짓네

구겨진 지폐 몇 장에

홑껍데기 이름을 파는

누구냐?

거울 속에서

내 꼴을 한

네 놈은

차 례

2부. 끝끝내 파내지 못한 뼛속 깊은 옹이 하나

3부. 에움길은 본디 없다, 해 저무는 바다에선

5부. 피면 곧 지는 것이 세상 모든 꽃이더라!

1부

황사 낀 하늘 앞에
봄날의 안녕을 묻다

달력을 새로 걸며

등 돌린 애인에겐
눈길조차 주지 마라

삼백예순다섯 여인이 줄을 서 기다리는데

설렘도 기대도 없다면
넌,
사내도 아니다

낚시時론

1.

도다리 사투를 본다, 팽팽한 줄 끝에서
한 생의 물음이 꿰인 미늘을 벗기 전엔
입술에 피가 흘러도 헤어날 길은 없다

2.

둘러보면 이 세상은 하릴없는 낚시터다
오가는 길목마다 미끼 슬쩍 던져놓고
눈이 먼 월척 한 마리 끈질기게 기다리는,

3.

햇발도 찌를 내린 무의도 갯바위 언덕
구름 몇 점 허우적대는 불혹의 수면 위로
낚는지 낚이는지 모를 또 하루가 흐른다

겨울 원천리
— '이육사문학관'에서

서릿발 촉을 벼린 세한의 들녘 끝에서
협객처럼 살다 간
한 사내와 마주한다
칼선대 벼랑을 타고 목 놓아 우는 바람

펜혹에 멍울지던 그의 말은 뜨겁게 살아
말더듬이 정수리에 자오선을 새기는데
절정의 겨울 앞에서 나는 왜 침묵할까

광야의 별로 뜨라
어둔 밤 촛불이 되라
젊은 날 건다짐들 갈기 세워 찾아들 때
청포도 다시 열릴 봄이 백마 타고 오고 있다

카피, 라이터

광고회사 신입 시절 광고주 인사 갔죠
갓 찍은 명함 주며 카피라이터라 했어요
남의 글 베껴 쓰는 일?
복사기냐며 웃대요

식은 커피 다시 끓여도 웃으며 대답하길
코피를 쏟을 때까지 문안 뽑는 일이라고,
오늘도 문안 여쭈러
잠시잠깐 들렀다고

살다보니 복사기가 도처에 있더군요
TV에도 신문에도 서점과 인터넷에도
거리엔 같은 얼굴에
같은 옷의 사람들

생각까지 복제하는 디지털 카피시대
내 시는 그 무엇을 베껴 쓴 판박일까
붕어 살 한 점도 없는
붕어빵도 그러거니

홍어 좆

인사동 골동 가게 골목 뒤편 홍어집에
노인 셋이 둘러 앉아 홍탁삼합 먹고 있다
걸쭉한 막걸리 잔에 출렁이는 생의 한때

묵은 김치 한 점을 치마처럼 둘러놓은
물컹한 살점에서 피어나는 깊은 살내
저마다 흔적만 남은 홍어 좆을 씹는다

나이를 먹는다는 건 제 몸을 삭히는 것
발효의 향기마저 술이 되고 안주가 될
누군들 그런 바다를 건너오지 않았으랴

막차시간 가까워진 거시기와 머시기 사이
일떠선 말과 말이 드잡이로 펄펄 뛸 때
다시 올 희붉은 아침 외상처럼 꿈꾼다

시간의 바퀴

눈 시린 민머리를 모자 속에 감춰두고
반도 땅끝 버티고 선 두륜산을 찾아간다
고시촌 원룸 벽면이 조여오던 봄날 아침

억새는 억새끼리, 멧새는 또 멧새끼리
사람에게 멀어질수록 틈새를 좁히는 산
하늘도 바다에 잠겨 물빛 뚝뚝 듣는다

곰솔을 지르밟고 곰솔보다 높이 서서
지난 한철 무성하던 칡넝쿨이 말라 있다
퍼렇게 뻗치던 꿈이 가쁜 숨을 모으고

초록을 덧칠해도 웃자라지 않는 봉우리
모난 돌 쓰다듬는 시간의 정 앞에서
바람도 배낭을 벗고 산마루를 넘는다

페이드아웃

사람들이 몰려들자 메아리는 짐을 쌌다

자동차 경적소리 굴착기 소음에 다친

귀청을 씻고 나서야 비로소 산에 들고,

메아리가 떠나면서 도시는 귀를 닫았다

청력을 잃어버린 빌딩 숲의 나르시스

온종일 핏대를 세워 안부를 묻고 있다

동지冬至의 시

절룩대는 걸음 뒤로 손수레가 끌려온다
너테 낀 차도 위를 카펫인 양 지르밟고
뉘엿이 기우는 노을 짐받이에 되작이며

색소를 잃은 꽃은 줄기마저 시들하다
묵정밭 망초마냥 다퉈 피는 검버섯들
바람은 무릎 틈새로 칼끝을 들이밀고

교회당 종루 끝에 불 켜는 개밥바라기
정수리 하얀 눈발 징글벨을 타고 올 때
골판지 몇 장에 덮인 성탄절이 저문다

안녕하세요, 하느님

물과 뭍 들고 놓는 세이렌의 노랫소리
불 꺼진 무대 위에 씻김굿판 막을 연다
사모님 불륜을 캐던 드라마 반전인 양

호외와 긴급 속보, 조간과 석간 사이
일용직 계약서마저 된바람에 날아가고
지하도 계단에 앉아 목을 꺾는 풀꽃들

황사 낀 하늘 앞에 지전紙錢 다시 사를 때
전봇대에 세를 든 딱따구리 한 마리가
봄날의 안녕을 묻듯 모스부호 타전한다

20

산판山坂에서

겨울의 송곳니가
가슴팍을 파고든다

이지러진 달의 숨소리 촉수를 드리우는
첫새벽,
미명을 털고 홰를 치는 솔밭머리

장갑 위에 장갑을 낀 억센 사내 손에 끌려
잇몸을 드러내며 으르릉대는 전동 톱날
집 잃은 늑대 울음이 떼 지어 몰려든다

한 하늘 이고 있던 소나무가 쓰러지고
핏물 밴 아침놀이 온 숲을 뒤덮는다

그즈음 서점 창고엔
시집들이 산을 쌓고

비곗덩어리 전쟁사

아담은 몰랐을 거야
다비드 조각상을
하릴없이 몸피만 불린 고향 땅 쫓겨나와
스스로 논밭 일구며 팔뚝 힘줄 키우기 전엔

보티첼리 비너스였어
이브도 에덴에선
유혈목이 비늘 같은 그 뱃살 가린 이후
윤삼월 청보리밭에 허리춤 졸라야 했던,

어느 먼 대륙에선 빵을 위해 총을 들고
오늘 이 도시에선 밥을 피해 수저 놓는
저울 위 살들의 전쟁,
거식증 하루가 간다

집시의 달

손수레 빈병 속에 어둠이 차오른다
골 패인 얼굴 위로 열구름만 스멀대고
아무도 눈 주지 않는
자오선 밖의 여로

하늘을 볼 수 없는 등이 굽은 사람들
네온 빛에 눈이 멀어 별을 잃은 도시에서
옥토끼 계수나무는
술잔에 뜬 우화였다

주소 불명 쪽방에도 고지서는 날아들 듯
핼쑥해진 맨얼굴로 기웃대는 새벽 창가
잠 못 든 으스름달이
서녘으로 가고 있다

비둘기가 있는 정물

지하상가 계단참에 비둘기가 졸고 있다
버짐 핀 죽지 사이 초점 없는 눈을 묻고
어디로 날아야 할까,
하늘마저 잃어버린

겨우내 빠진 깃은 봄이 와도 나지 않고
무심한 눈빛들이 던져주는 동전 한 톨
볕 짧은 뱃속 한기를
깡통 아래 재운다

골판지 박스 위에 부려놓는 이 하루도
백화점 세일전단에 땡처리로 올라앉아
술병 속 바람소리만
람바다를 추고 있다

남이섬의 봄

엑스레이 사진 같은 희뿌연 성엣장에
얼비친 잔뼈마디 한 시대를 투사한다
하류로 흐르는 물은
왜, 갈수록 흐려질까

한때는 봉우리였을 수몰지 섬 앞에서
속으로만 삼킨 울음, 강은 더 불퉁한데
까마귀 날갯짓에도 파르르 떠는 물결

그즈음 발밑에서 맥박 쿵쿵 울려온다
수천수만 발소리가 오랜 잠 깨우는 땅
겨우내 숨을 죽이던 잔디도 일떠서고

나루터에 몸을 푸는 쑥물 든 그림자들
수양의 가지 아래 키를 늘린 묏등 너머
옛 사내 강호령인 듯
뱃고동이 뚜! 울린다

아라리 한강

물때 절은 이야기가 안개로 피는 둔치
바람 따라 찰박대는 그림자 뉘여 놓고
물마루 주름진 꿈이 세마치로 뒤척이네

검룡劍龍의 숨소리가 돌아드는 물길 앞에
재우쳐 씻지 못한 몽고반점 멍 자국들
앵돌아 갈라선 줄기 메나리로 엮어보세

꽃샘잎샘 잦아든 땅 배동바지 봄이 오면
물풀 틈에 알을 슬다 목이 멘 각시붕어
이끼 낀 가슴을 쓸며 아리아리 우는 강아

버들가지 춤사위도, 먹장구름 소나기도
넉넉히 그러안고 가네 가네, 반도 천 리
겨레사 열두 굽이를 후렴 타고 넘어가네

2부

끝끝내 파내지 못한
뼛속 깊은 옹이 하나

엉또폭포

핏빛 동백 뚝뚝 지면
가슴은 늘 타들었다

눈물이 없어
눈물이 없어
더 쏟아낼 눈물이 없어

겉마른 사월 계곡에
몰래 뱉는 속울음

왼바라기

걸음 뗀 그날 이후 아버지는 말하셨지
연필과 숟가락은 꼭 오른손에 잡으라고
옳은 쪽 바른 손만이 법이고 밥이라며

날 때도 왼쪽부터 팔다리가 나왔던 난
외곬의 아버지 말씀 마냥 좇진 못했지
누르면 용수철처럼 튕겨지는 결기 앞에

그런 날 무람하게 교차로에 나서 보면
신호 없는 좌회전은 너나없이 불법인데
눈치껏 그냥 돌아도 우회전은 뒤탈 없고

오른쪽 날개로만 날 수 있는 반쪽 나라
자오선 좌표 위에 묶여 있는 이 하루도
그른 쪽 그늘에 숨어 비익조比翼鳥를 꿈꾸네

하지, 광장

수만 개 촛불 앞에선 어둠도 길을 튼다

바람 불면 흔들리는 부끄러운 도시 앞에
빠르게 별이 내리듯
점묘화로 이는 불꽃

골목골목 톺아 가는 비브라토 통성기도

밤을 건넌 사람들의 불그레한 눈빛 너머
사태 진 네거리 복판,
아침은 또 연착이다

아스팔트 깨진 틈새 언제쯤 꽃이 필까

먹장구름 비를 몰아 긴 장마 예보할 때
잡초들 젖은 울음이
비등점을 넘고 있다

바람의 기사
— 돈키호테가 둘시네아에게

미치게 보고 싶소, 뼛속 시린 새벽이면
풍차거인 마주하던 대관령 등마루에서
하나 된 우리의 입술, 그 밤 잊지 못하오

풋잠 깬 공주 눈엔 태백성이 반짝였소
서로의 몸 비비는 양 떼들 울음 뒤로
하늘도 산을 안은 듯 대기가 뜨거웠소

한데 이젠 겨울이오, 인적 끊긴 산정에는
로시난테 갈기 같은 마른 풀만 듬성하오
나는 또 그 말에 올라 북녘으로 길을 잡소

백두대간 어디쯤에 그대 앉아 계실까
폭설이 지운 국도 철조망이 막아서도
숫눈길 달려가겠소, 한라에서 백두까지

온정리를 가다

일만
이천
봉우리가 창칼을 잠깐 거둔
금강산 어귀에 들면 노을마저 뜨거워진다
바람도 국도를 따라 휘파람 소릴 내고

위로는 새가 날고 아래로는 산맥이 뻗는
계절의 섞바뀜 속 다시 열린 길 위에서
들쭉술 막걸리 잔에 얼비치는 동해 물빛

해와 달도 스리슬쩍 눈 맞추는 초승이면
성엣장 뜬 계곡물에 씻고픈 겨울 눈꽃
남몰래 철책을 넘는
봄이 설핏
보인다

백마고지에서

독기 서린
가시덤불 납작 엎딘 너덜겅에
발목 저린 녹슨 꿈이 여름 해 재촉한다
그즈음 저녁노을엔 선혈 뚝뚝 묻어난다

새로 오는
계절마다 억새 망초 피워 봐도
철원 벌 휘휘 돌아 멎지 않는 총소리는
전적비 돌판에 새긴 백마의 울음인가

긴긴 어둠
덧칠하는 등화관제 능선 위로
아는 듯 모르는 듯 펼쳐지는 저녁 별밭
철책에 걸리지 않는 바람이나 되고 싶다

천마산 딱따구리

인적 끊긴 저문 산을 누가 저리 울리나
헤프게 옷을 벗는 나무들을 매질하듯
일 초에 대여섯 번씩 제 머리를 찧는 이

가을은 불에 탄 채 지상에서 내쳐졌다
다시 서는 빙벽 앞에 쉼 없이 정을 들지만
끝끝내 파내지 못한 뼛속 깊은 옹이 하나

피로 쓴 연판장을 먼 도시로 날려놓고
지난여름 천둥소리 빈 가지에 새기는 저녁
저 홀로 딱총을 쏘듯 잠든 숲을 깨운다

검정고무신
— 섯알오름* 앞에서

별도 달도 검속당한 군용트럭 짐칸 위에
숨죽여 앉아 있던 초롱을 켠 눈빛들이
지상의 마지막 안부, 긴 편지를 적는다

더러는 미안하고 때로는 고마운 일들
먼 훗날 누가 보거든 대신 좀 전해 달라
코 닳은 고무신 밑창에 새기고 또 새기며

핏빛 놀 덮쳐오던 고향 마을 어룽질 때
살아선 전하지 못해 길 위에 남긴 사연
쉰 목청 대정 까마귀 오늘도 전하고 있다

* 1950년 한국전쟁 당시 제주도 대정 지역에서 예비검속을 당한 이들을 태
   운 트럭이 알뜨르 비행장 쪽으로 향했다. 한밤중 트럭이 신사참배 동산을
   지나갈 때에야 예비검속자들은 죽음을 예감하며 가족들에게 자신들이 가
   는 곳을 알리기 위해 신고 있던 검정고무신을 길 위로 벗어던졌다. 몇 년
   이 지난 후 후손들이 이곳을 찾았으나 유해를 제대로 수습할 수 없어 백
   조일손(百祖一孫 · 조상이 다른 일백여 자손들이 한날한시 한 곳에서 죽어
   뼈가 엉키어 하나가 되었으니 한 자손이라는 뜻)의 묘를 만들어 이들을
   기리고 있다. 한편, 섯알오름 예비검속 희생자추모비 앞에는 검정고무신
   이 항상 놓여 있다.

35

송악산 까마귀

봄이면 깃을 치는 온기 없는 햇살 아래
세월의 각다귀들 까마귀가 떼로 산다
먼발치 섯알오름을 들면날면 헤집으며

궁근 가슴 죄어오는 저 성찬의 아지랑이
유채꽃 수선화의 예비검속 눈길을 피해
추깃물 고인 연못에 검은 부리를 씻는다

배동바지 보리까락 날갯죽지 파고들 때
어디로 떠났을까, 검정고무신의 주인들
모슬포 뱃고동소리 한 척 폐선 깨우고

환해장성 물들이던 핏빛 놀도 잦아들면
만벵디 백조일손百祖一孫 열어놓은 뱃길 위로
초승 빛 조각배 하나 이어도로 가고 있다

불카분낭*

화산섬 산과 들이 국방색으로 타오를 때
동백꽃 빛 울음들이 돌담으로 막혀 있는
선흘리 초입에 서면 발바닥이 뜨거워진다

마을 안 올레에는 시곗바늘 멈춰 있다
온 몸에 화상 입은 팽나무 늙은 둥치가
곰배팔 가지를 벌려 옛 상처를 보듬는 길

곶자왈 용암굴이 연기 속에 무너지고
별빛마저 소스라치던 그 새벽 그 총소리
나이테 헛바퀴에도 정낭을 걸어야 했다

기나긴 겨울 지나 새살 돋는 나목의 시간
숯등걸 덴 가슴에 봄을 새로 들이려는
뼈저린 나무의 생이 핏빛 놀을 털어낸다

---

* '불에 타버린 나무'라는 뜻의 제주도 토박이말. 제주 4 · 3사건 당시 군경
토벌대에 의해 불태워졌다 기적적으로 되살아난 제주시 조천읍 선흘리에
있는 나무.

사라오름

성판악 삼나무 숲에 향불처럼 피는 안개
방부목 계단에 널린 낙엽을 비질하며
바람은 억센 손길로
내 무릎을 꺾는다

마른 가지 샅을 뚫고 갓 눈 뜬 어린잎들
빛바랜 사초史草 향해 궐기하듯 일떠설 때
까마귀, 오름 까마귀
목구멍이 뜨겁다

수천수만 울음들을 가둬 놓은 백록담은
언제쯤 이 봉분 앞에 폭포수를 쏟아낼까
그날 그 진달래 꽃빛
사월 하늘 붉히는데

날아라, 까마귀

가슴부터 멍이 든다
산도, 들도 삼사월엔
실록의 한 자락을 짓쳐 오는 누런 깃발
황건적 말발굽소리 흙바람을 일으킨다

한발 늦은 황사경보 비상등이 깜박여도
눈 감고 입 다문 채 외투 깃만 세우는 땅
집안集安의 큰 빗돌에도 걸쇠가 채워지고

까마귀 세발까마귀 혈족의 대가 끊긴
천년 위에 또 천년이 엇비끼는 산정에서
만주벌 가로지르는 태왕성 별을 본다

무너진 성곽 따라 박달나무 심는 아침
백두의 등줄기로 다시 피는 초록 앞에
누군가 활개를 치며 해를 향해 날고 있다

도마에게*

먼동이 트나 보다
동살 비낀 2월 아침
고드름도 비수 겨눈 동토의 정수리에
여섯 발 총성에 도진 꽃샘이 매섭구나

위뜸과 아랫담의 눈물 젖은 이웃들이
간도로 연해주로 속절없이 떠날 적에
너와 나 이승의 끈도 놓을 때가 되었거니

목숨은 구걸 마라, 이 어미는 관계찮다
꽃 져야 열매 맺고 잎 져서 거름 되듯
장부는, 사내장부는 죽어 다시 사는 법

아직은 산도 들도 움츠린 혹한의 겨울
네 몸속 더운 피가 큰 바다로 흘러 흘러
삼천리 골골샅샅에 봄이 오면 그 뿐일 터

이 땅의 들풀로 지은 수의 한 벌 보낸다
뭍과 뭍 푸나무도 어깨 겯고 춤추는 날

한 그루 푸른 곰솔로 우뚝 서라,
아들아

* 안중근 의사의 어머니 조마리아 여사가 뤼순[旅順] 감옥에 있는 아들에게
  보내는 편지.

대설주의보

막후의 비밀문건이 지난 밤새 사라졌다

청기와집 묵은 때마저 얼멍덜멍 덮으려는지
제설차 염화칼슘에
신문지가 다 젖는다

증언을 거부한 채 장막 속에 숨은 하늘

대로와 퇴로 사이 청문회가 휴정할 때
가래 든 미화원 하나
1인 시위에 들어간다

우수 무렵

뿌리는 듯 날리는 듯 무채색 겨울비가
열쇠부대 지오피를 씻기고 간 2월 아침

비무장 낙숫물소리
봄 빗장을 풀고 있다

철책 통문 돌쩌귀엔 동백기름 바르고 싶다
긴 어둠 밀어내며 공제선空際線을 넘는 햇살

지뢰밭 붉은 표지가
우수수 떨어진다

3 부

에움길은 본디 없다
해 저무는 바다에선

봄눈

그대
언제
다녀가셨나?

온다
간다
기별도 없이

금세
왔다
갈 거라면
기척이나 하지 말지

겨우내
다독인 가슴에
불은 왜
질러 놓고

곰소항

밖으로 벗기보다
속을 내준 작은 포구
해감내와 비린내가 꿰미에 걸릴 동안
느릿한 구름 배 한 척
무자위에 걸려 있다

한때는 누구든지 가슴 푸른 바다였다
갈마드는 밀물썰물 삼각파도 잠재우는
소금밭 퇴적층 위로 젓갈빛 놀이 진다

제 몸의 가시 뼈도
펄펄 뛰는 사투리도
함지에 절여놓은 천일염 같은 사람들
골 패인 시간을 따라
뭇별이 걸어온다

애년艾年의 아침

밤도와 내달려온 호미곶 해맞이광장
마지막 달력 한 장 방석인 양 깔고 앉은
와자한 노숙의 잔영 그 틈에 내가 섰다

바다가 한숨처럼 토해 놓는 물안개 속
꼬리 잘린 지난날이 숙취로 비척대고
선득한 바람이 와서 신열을 재고 간다

빈 가슴 밑바닥을 울려오는 파도소리
물끄러미 바라보는 물마루 경계 너머
갓밝이 새날을 열며 부챗살을 펴는 동살

이윽고 수평선도 어둑서니 금줄을 걷고
상생의 손* 조각상이 햇덩이를 움켜쥘 때
머리 흰 괭이갈매기 날개 활짝 펼친다

* 포항 호미곶 해맞이공원에 세워놓은 손 모양의 조형물.

거북손

오늘일까
내일일까
기다림에 돌로 굳은
가거도* 조간대엔 과부들이 떼로 산다
젊은 날 꽃잠의 잔영 윤슬로 뜨는 바다

내리 천년 젖고 젖어야
파래 때 더께 진다고
물때썰때 갈마드는 수평 끝만 바라보다
까치놀 저녁바다로 투신하는 재갈매기

뱃고동 울릴 때면 가슴 치는 파도소리
물 주름 행간마다 말줄임표 찍어 놓고
애끓는 침묵의 외침
손짓말로 풀고 있다

* 전남 신안군 흑산면에 딸린, 우리나라 최서단을 가리키는 섬.

10월의 뒤꿈치

뜨거운 갈채 뒤엔 가슴 시린 고독이 있다

지저깨비 시간들을 떨켜 아래 묻고 보면

비로소 서로를 향해 옷을 벗는 나무들

벌레 먹은 마른 잎새 말줄임표 행간마다

쭈뼛쭈뼛 일어서는 먼 숲의 바람소리

아람 번 도토리 몇 알 적막을 흩어놓고

노을의 추깃물이 뚝뚝 듣는 오솔길에

수굿해진 알몸들이 체온을 나누는 동안

또 한 점 가을을 밟는 발바닥이 뜨겁다

방어진에서

공단의 크레인이 해를 낚는 포구에서
귀신고래 등뼈 같은 흰 등대와 마주 선다
먼 옛날 바다이야기 문신으로 새겨 넣은,

전출 간 고래의 집을 그는 알고 있을까
번지수를 잃어버린 꽃바위 가슴마다
따개비 젖은 울음이 포말로 부서진다

뜨거운 귓바퀴를 바람 쪽에 열어 놓고
잦바듬한 폐선 따라 나도 몸을 기울이면
방파제 물기둥 너머 떠오르는 숨비소리

햇살의 가시 뼈가 작살처럼 박힌 물속
전설을 씻김 하듯 술 한 잔을 따를 때
덩치 큰 동해 파도가 허연 배를 뒤집는다

황제펭귄

바다로만 열려 있다,
황궁으로 가는 길은
멀리 떠난 사람들의 뒷모습을 추억하듯
퇴화된 날갯죽지가 파도소리에 젖는다

평생을 날 수 없는
활갯짓은 천형이다
아장걸음 뒤뚱거려도 넘어야 할 크레바스
영화 속 채플린처럼, 나폴레옹 병사처럼

극점에 가까울수록
햇볕은 더 희미하다
뼈를 에는 깊은 고독 눈보라에 맞서가며
붙안고 살 비빈 날들 언 심장을 데운다

해류를 따라가면
초록 숲에 가 닿을까
마디 큰 울음소리 남십자성 별로 뜰 때
오로라 영롱한 하늘 대관식을 올린다

섬진강 기행
— 흐벅진 엉덩이를 흔들며 가는 강물은
　대지의 젖줄일까? 바다의 탯줄일까?

해토머리
재첩 알이 입안에서 서걱댄다
해감 안 된 물이끼가 포말로 뜬 감풀에서
바람은 꽃샘을 하듯
또 뼛속을 파고든다

동과 서 끌어안은
물뱀 같은 강줄기는
뱀사골 파르티잔의 못다 쓴 이야기를
악양 벌 밭고랑 위에
청보리로 피워 놓고

개여울 왜 없겠나,
한뉘를 흐르다보면
꽃잎도 팃검불도 밀며 끌며 가는 물길
그 걸음 바다에 닿아
마를 날이 없겠다

실안 낙조

그림자가 길어진다, 낮술에 취한 바다
결 고운 미풍에도 찡그리는 수면 위로
힘겹게 끌고 온 하루 허물어져 내린다

가늘게 들썩이는 네 야윈 어깨 너머
낙지처럼 흐늑이던 핼쑥한 빛의 촉수
잡지도, 놓지도 못한 꼬랑지가 밟힌다

해를 문 불새였다, 내 앞의 언제나 넌
데식은 심방 안에 둥지 몰래 틀어놓고
뜨거운 들숨날숨을 맥놀이로 뛰게 하던

네게로 가지 못해 시나브로 녹슨 말들
날마다 새로 찍는 그 화인 가슴에 묻고
첫사랑 저문 한때가 수평선을 넘어간다

두물머리

켜로 앉은 오랜 물때 안개로 피는 둔치
재회를 꿈꾸는 강물 밤새워 뒤척이던
남과 북 살피 너머로 또 다른 나를 본다

일렁이는 허상 앞에 설뚱한 낯선 얼굴
내 한 발 다가서면 저 또한 다가오지만
손닿자 몸부림치며 잔주름만 키우는 강

끝끝내 서로의 경계 못 허문 한 뼘 거리
체위 바꾼 물과 물이 부둥켜 흐느낄 때
누군가 발소리 쿵쿵, 물속을 걸어온다

모래시계에서 사하라를 읽다

폭염에 달뜬 바람 모래를 나를 동안
사막은 기억을 묻을 봉분을 쌓고 있다
골 패인 사구를 따라
낙타가 걸어간다

소금꽃 피고 지는 유폐된 발자국마다
먼 도시 신기루가 먼지로 스러지고
지도엔 뵈지 않는 길,
눈자위가 뜨겁다

시간을 멈추는 건 죽음에 이르는 일
베두인족 칼날 같은 초승달이 내걸릴 때
더불어 별이 된 이들
빈 저녁을 깨운다

피아노 폭포

북한강 허리춤에도 방광이 달려 있어
몸속 땟물 쏟고플 땐 금남리를 찾아간다
투명한 물빛 하늘이 솜사탕을 빚는 날

높이 오른 물일수록 하산을 서두른다
햇살무늬 음표들이 포말로 쏟아지면
그 소리 음계로 받아 공명하는 피아노

쳇불 다 찢겨나간 체 하나 가만 들고
들어도 모르는 채 쳇바퀴만 키운 나날
내 안의 한 뼘 경계가 물이끼로 자욱하다

나들이 온 사람들이 건반처럼 되밟고 간
창문 너머 엿보이는 내 유년의 화장실엔
다섯 살 아이가 홀로 물소리를 빚고 있다

* 남양주시 화도읍 금남리 하수종말처리장엔 방류수를 재활용한 세계 최대
  인공폭포와 피아노 소리를 내는 화장실이 함께 있다.

0시의 바다

천식 앓는 숨소리로 바다가 뒤척인다
등 굽은 물마루엔 인광이 파닥이고
선창을 떠나온 배는 잔기침을 뱉는다

에움길은 본디 없다, 편도의 길 위에선
앞으로만 내달리는 파도의 꺽진 걸음
입가의 비린 거품과 너겁을 비질하며

등대 불 멀어질수록 별빛은 아득해서
촉 낮은 백열등을 이물에 내다 건다
가만히 바람에 닦는 흉투성이 젖은 손

코 나간 생의 그물 드리우는 팔순 아비
불면의 나이테에 소금꽃 피고 져도
여* 하나 썰물을 딛고 새벽을 깁고 있다

* 물속에 잠겨 보이지 않는 바위.

열려라 참깨

블라우스 꽃잎처럼 시르죽은 할머니가
아파트 현관 계단에 몇 시간째 앉아있다
손에 쥔 주소 쪽지에 물기가 번져난다

지문 혹은 숫자로만 속을 뵈는 문 앞에서
CCTV 카메라가 속곳까지 더듬을 동안
모들뜬 눈빛에 쫓겨 속절없이 해는 지고

푸성귀 한 단조차 돈으로만 주고받는
풀기 없는 낯선 땅이 뭐 그리 황홀한지
아들은 고향 문전을 다녀간 지 여럿 해

짓무른 눈자위에 노을마저 풀어지고
천일야화 주문들도 땅거미에 묻혀갈 때
뜻 모를 꼬부랑말이 명치끝을 찌른다

상속자들

밀랍 뜬 인형처럼 사내 셋이 앉아 있다

다리 짧은 두레상엔 술잔이 널브러지고
촛불만 제 키를 낮춰
눈물 뚝뚝 흘린다

마른기침 삼켜가며 일어서는 새벽 어귀

핏기 없는 웃음을 띤 영정사진 액자 뒤로
서늘한 지난 시대가
향연 속에 흩어진다

4 부

그 누가 기억할까,
지워진 옛 이름들

장마

그대 떠난
빈방 창을
누가 저리 두드리나

그대 왔나
창을 열면
내 눈에도 비가 치고

귓가엔
낙숫물소리
댐 하나가 무너진다

달의 여신

보름 때면 몸을 푸네,
다랑쉬오름 그 여자
바람에 거세된 숲 안개가 스멀대면
흑주단 치마를 걷고 알 하나 둥실 낳네

흥건하게 젖어드는
깊고 푸른 밤의 숨소리
둥글게 하늘을 인 대지의 신전 위로
억새는 가을을 별러 또 씨방을 부풀리네

비너스를 잉태하던 조가비 입술 같은
심연의 분화구에 출렁이는 달빛 양수
나, 문득
그녀의 방에
뛰어들고 싶어지네

신기루의 컵

그녀의 가슴에는 늘 빗장이 걸려 있다
내 사랑의 눈길마저 한사코 거부하는
A컵의 단단한 결빙,
겨울이 되우 길다

앞섶이 부풀수록 숨소리도 봉긋해지는
호크와 와이어로 쌓아올린 시한부 평화
B컵의 스펀지 성채,
비로소 꽃이 핀다

나이테로 그려 넣은 폐경기의 젖줄들을
봉분 속에 부장하며 그 위에 떼를 입힌
C와 D 꿈의 살피에
신기루의 컵이 있다

단풍잎 사랑

소슬비 추적이는 덕수궁 길 돌담 아래
머리부터 발끝까지 서로를 탐하고 있는
맨살의 단풍잎 두 장 곁눈질로 보았다

먼발치 길섶에서 속만 태운 여름 한철
손깍지 풀지 말자, 빗속의 다짐인 듯
태양의 문신을 새긴 연인들의 격한 재회

너와 나 우산 되고 이불이 되어 주길
지상의 단 한 사람 그를 문득 떠올릴 때
낯붉힌 가을 속으로 나목들이 걸어간다

뱃살무늬를 읽다

비를 몬 손돌바람 갈기 바짝 세운 저녁
잘려나간 우듬지로 거먹구름 흝고 있는
입동의 플라타너스 그 몸피를 읽는다

결별의 낙숫물이 뚝뚝 듣는 거리에서
하릴없이 바라만 보는 먼발치 살붙이들
무젖은 한 겹 껍질마저 휘주근히 벗으며

옹이 밴 지난 이력 얼루기로 그려놓고
눈설레 땡볕마저 나이테에 새겼으리
우산도, 외투도 없이 떨켜만 키운 몸통

쭈글쭈글 접힌 뱃살 올 어매도 저랬을까
여섯 자식 배앓이로 살 트는 줄 몰랐던
나무의 겨우살이가 거스러미로 일어선다

초보운전

"밥해 놓고 나왔어요!"
초보운전 경구를 보며
떠나간 옛사랑을 불현듯 떠올린다
지금은 그도 저러한 스티커를 뗐을까

가다서다 덜컹대는
체증 걸린 길 위에서
초보 아닌 첫사랑이 세상 어디 있겠냐며
목청 큰 라디오에선 시장기를 부추긴다

무사고 이십여 년
내 사랑의 조수석엔
가마솥 누룽지 같은 한 여자가 앉아 있다
한소끔 뜸을 들이면 눌어도 눋지 않는,

옆 살필 짬도 없이
앞만 보고 내달리다
가정법원 앞길에서 속 끓이는 차량행렬
교차로 붉은 신호가 점멸등을 켜고 있다

섶섬이 보이는 풍경

남덕* 군,
아고리**의 방엔 별이 뜨지 않아요
핏기 잃은 낯빛을 한 서귀포의 새벽도
누가 또 떠나갔는지 수평선만 붙안네요

지난밤엔
거품 문 게와 홰뿔 세운 황소가
이끼 낀 돌담 아래 파도소리로 울다 갔소
저들도 잠 못 이루는 아픔이 있나 봐요

겨울이 오고 있소,
천지연 계곡에도
뜨거웠던 그대와 나의 여름을 뒤로 한 채
아득한 하늘을 향해 손 흔드는 억새들

부럽소,
나무판 속 저 새와 물고기가
하늘과 바닷길은 어디로나 열려 있어
새처럼 물고기처럼 당신께로 가고 싶소

이제야 해가 떠요,
팔레트에 번지는 놀
코발트색 물결 너머 섬섬 앉힌 구도 위로
아침은 눈부신 날빛 은박지에 풀고 있소

* 이중섭이 일본인 아내 야마모토 마사코에게 지어준 한국 이름.
** 턱이 길다고 해서 일본인 선생이 붙여준 이중섭의 일본식 별명.

선릉 천사의 시

1.
선릉역 유흥가엔 천사들이 모여 산다
성종이 아니어도 중종이 아니더라도
언제나 그곳에 가면 왕으로 대접받는,

용안에 손톱을 긋던 폐비의 후손들은
실연한 왕을 품은 정현왕후 음덕인 듯
냅킨에 입술을 찍어 옛 사랑을 지운다

2.
하룻밤 대역이라 탓하지 말자, 우리
세금포함 삼십만 원 내 사랑의 계산서엔
어차피 떠난 그녀도 껍데기, 껍데길 뿐

치마 걷고 반겨주는 천사들 아니라면
그 누가 빈 가슴에 술 한 잔 따라줄까
오늘도 외상값 갚듯 네 이름을 묻는다

겨울 탱화

눈에 묻힌 풍경들이 옹송그린 세밑 아침
비닐 천막 손수레 앞, 빵 뜨는 손을 본다
비둘기 시린 눈빛이
어묵 솥에 데워지고

몇 천 원 품을 날린 할머니 주름 뒤로
환한 빛 퍼트리며 광배처럼 돋는 햇살
얼붙은 도시의 뒤꼍
보일러가 다시 돈다

고드름 홰뽈 세운 노숙의 밤 다시 와도
풀씨 한 톨 싹 틔워낼 온기 아직 남아 있어
시치미 뚝 뗀 새봄이
총총 오고 있겠다

그리운, 삼천포

긴 방황 끝낸 파도 죽방렴에 몸을 푼다
부르튼 발을 씻고 저녁에 든 실안해변
시인*의 울음을 태운 까치놀이 흥건하다

그 누가 기억할까, 지워진 옛 이름들
떠나간 모든 것은 기다려도 오지 않고
섬과 섬 물길을 따라 바람만 분주하다

꼬들꼬들 말라가는 대발 위 쥐치처럼
제 몸의 문신마저 저며 내고 돌아서면
폐선도 가슴이 젖는 한사리가 열리고

삼각파도 갈기 세운 수평선을 다독이며
눈 어두운 밤바다에 별 하나씩 켜는 등대
찢기고 흐려진 꿈이 만선기를 달고 있다

* 고 박재삼 시인.

운길산 장어구이

잘 익은 살과 살이 불콰하게 물든 오후
배낭조차 힘에 겨운 중년의 석쇠 위에
팔등신 장어 한 마리
발가벗고 몸을 꼰다

나랏일 갈증 풀던 입은 금세 침이 돌고
돌아눕는 관능 앞에 굳은 혀도 녹아난다
덩달아 달아오르며 폭발하는 저녁놀

낮붉힌 여름 해가 배불뚝이 몸을 숨기고
꽁무니에 홍등 켠 채 승용차도 떠난 자리
뻗치던 숯불 연기가
열대야에 스러진다

가을 산행

여름의 잔상들이 화르르 불타고 있는
천마산 계곡 숲을 맨발로 오르는 길
부리 긴 딱따구리가 빈 고요를 깨운다

바람이 일 때마다 불티처럼 날리는 잎
가슴 속 불씨 하나 동그마니 숨고를 때
뜨겁게 젊음을 태운 나무들 볼이 붉다

빛 부신 산이라도 남모를 아픔은 있다
벌레 먹은 잎사귀나 태풍 할퀸 가지마다
눈물과 핏물 밴 자리 그 상처가 꽃인데,

내 몸의 옹이들도 단풍물이 들까 몰라
불길을 가둔 골짝 물소리 또 들려오고
데어도 뜨겁지 않은 발걸음이 가볍다

고택古宅에서의 하룻밤

오래 묵은 것일수록 귓바퀴가 닳아있다
구들 아래 누워있던 옛 사내 숨소리가
한 줄기 바람을 깨워 설렁줄을 흔들고

당신은 누구였을까,
나를 불러 앉히는 이
하늘과 산의 경계 허물어지는 시간 앞에
천년의 필담을 풀듯 나누고픈 이야기들

참개구리 울음소리 툇마루에 흥건한 밤
어둠의 미로 속을 뜬눈으로 바장일 때
잠 못 든 푸른 별빛이 휴대전화에 깜박인다

황소자리

습관처럼,
천형처럼,
멍에 하나 끌고 간다

듬성한 터럭 몇 올 옹이로 박인 어깨
뱃구레 잔주름에도 쟁기 골 깊어진다

끄무레한 햇살마저 땅거미가 지워갈 때
고수레 잔술 앞에 주절대는 악머구리
놀 비낀 워낭 소리가 저녁이슬에 젖는다

미리내 그 어디쯤
묵정밭 또 놓였을까

일굴수록 반짝이는 내 별에도 밤이 오면
쫑긋한 두 귀 사이로 광배 같은 달이 뜬다

차를 따르며

오는 듯 가버리는 짧은 봄이 서러워서
연초록 맑게 우린 차 한 잔을 따릅니다
아껴 둔 풀빛 계절이 찻잔 속에 어립니다

한나절 실비에도 시드는 꽃이 있고
젖을수록 우러나는 이름도 있습니다
잊었던 얼굴 하나가 향기처럼 맴돕니다

자랑거리 하나 없는 뒤웅박 세간에도
맵짠 맘 풀어주는 한 움큼 볕은 들어
질그릇 너른 품 안에 온기 소복 쌓입니다

5부

피면 곧 지는 것이
세상 모든 꽃이더라!

할미꽃

단
한 번도
제 나이를
들은 적 없는 이여

동
트는
무덤 앞에
이슬을 떨구는 이여

흰
머리
풀어헤치고
석고대죄만 하는 이여

그대는 꽃, 나는

그대가 바람꽃이라면
난 그냥 솔이고 싶네

풀물 든 도랑치마
나풀대는 소녀같이
봄볕에 새치름한 모습
훔쳐라도 보고 싶네

눈길 한 번 못 받아도
그 곁이면 족하겠네

부리 큰 멧새 앞에
바늘잎 곧추세우고
가는 봄
홀로 지키는
도래솔로 남더라도

상사화

깨고야 말 꿈이라도
벗지 못할 천형이라도

그대가 불갑사佛甲寺 종루에 얼비치는 달빛이라면 나는
그 종소리에 흠뻑 젖는 파도이고 싶습니다, 그대가 너울
의 심장을 덥히는 아침 햇살이라면 나는 그 물결 속에
춤추는 윤슬이고 싶습니다

여름의 소실점만 바라보는
그대는 하늘
나는 바다

붓꽃

사월의 뒷담화가 산과 들을 쑤석댄다
칼끝보다 더 매서운 붓 한 자루 섬기던
이 나라 여린 풀꽃들 우듬지를 세울 때

오월의 절규인 듯
유월의 격문인 듯
뜨겁게, 뜨겁게 솟구치는
탈고 안 된 문장 하나

쓰다 만
시의 행간에
피를 왈칵!
토한다

개불알꽃

'개'자 붙은 봄것들이 용쓰는 바위너설
등고선이 그어놓은 계절의 눈금 따라
무허가 잡목 그늘이 우련히 붉어진다

변두리로 나앉아도 꽃 피울 힘은 있어
요강 하나 받쳐 들고 흘레붙는 오월 햇살
얼룩진 주민증에도 보랏빛 꿈이 연다

씨방이 부풀 때면 목젖 함께 타는 꽃술
물 오른 꽃대마다 무당거미 금줄 치고
허기진 노을 사이로 무젖은 별이 뜬다

누군가 손 내밀며 악수라도 건네올 듯
거세된 유기견의 달뜬 울음 잦아들 쯤
날 세운 달빛 한 장이 옛 족보를 찢는다

나도바람꽃

무릎을 꿇고 싶다
네 앞에선 언제라도

네온 빛 꽃가루가 얼룩진 안경을 벗고

너와 나 눈빛 맞추는
마음 거리
삼십 센티

물러서면 멀어질까
다가서면 또 다칠까

줌렌즈 미당기다 몰래 뱉는 바람 한 줌

우주의 파동이 인다
내 가슴에
네 가슴에

너도바람꽃

해토머리 길목에선
숨소리가 뜨거워진다

머리 센 직박구리
옛 자취 톺던 자리
가슴속 문신 하나가
안간힘으로 부푼다

결국엔 너도 바람
꼬리 없는 바람이었어

겨울의 깍지를 푼
눈꽃과 꽃눈 사이
봄방학 그 며칠 동안
머물다 간 소녀처럼

소리쟁이*

꽃밭 번지 아니라고 꽃 한 송이 못 피우랴

흙내마저 탈취당한 염색공단 시궁 어귀

백태 낀 겨울 물가에
풀빛을 수혈한다

울 밖에 내밀려도 손 내밀지 않는 습성

어리보기 꽃샘이야 대궁 불끈 세우면 그만

맹독성 피톨을 걸러
애벌 봄을 덥석 문다

* 습지 근처에서 자라는 마디풀과의 여러해살이 풀.

얼레지

어른 행 청춘열차는
언제나 연착이다

눈석임 계곡 따라 속살대며 이는 바람

오늘은
그가 오려나
까치발을 세운다

목마른 사랑일수록
몸은 더 뜨거워진다

보랏빛 깡동치마 속살 훤히 드러낸 채

어서 좀
안아 주세요
몸을 꼬며 웃는 소녀

누항陋巷의 꽃
— 소록도 할매수녀 마리안느와 마가렛

때깔 고운 꽃이 되길 거부한 꽃이 있네
사슴의 눈을 닮아 눈물 많은 천형의 땅
갓난이 뭉툭 울음을 배에 싣던 해역에서

정녕코 없었을까, 마른자리 향한 마음
펄 속에 박은 뿌리 갯바람에 씻어가며
진물 밴 해감내마저 향기로 감치었네

당신들의 천국*에서 모두의 천국으로
오체투지 몸을 낮춰 섬을 울린 기도소리
금발이 백발로 화한 그 얼굴이 꽃이네

* 소록도를 배경으로 한 이청준의 소설 제목 차용.

겨우살이

누구일까,
저리 처연히 한 계절을 앙버티다
집시의 나이테 하나
잎맥 속에 새겨놓고
재개발 겨울 숲에서 그 온기를 재는 이

허공중에
세를 드는 무허가 노숙의 나날
붉은 귀 직박구리
남녘 소식 물어오면
눈보라 들레는 밤도 외롭지는 않구나

갈마드는
달빛 별빛 우듬지는 늘 뜨겁다
노랑 분홍 꽃 편지로
최고催告하는 봄이 와도
철거민 청약통장엔 초록 꿈 메숲진다

쿠르베의 여인

망초도 물이 올라 꽃대 한껏 피워 올린
안개 낀 여름 아침 용눈이오름에 가면
대지가 곧 여인임을 비로소 알게 된다

누운 듯 엎드린 듯 굽이치는 선을 따라
이슬 내린 성소에는 억새풀이 우북하다
간밤에 또 누군가가 걸음 몰래 하셨는지

상기된 민낯으로 홍등을 켜는 바다
누드와 춘화 사이 올레길을 더듬는 동안
부룩소 거친 숨소리가 등마루를 넘는다

벚꽃축제

바람
바람
바람이 분다
이제 그만 떠나야 한다

열흘 치 립스틱을 닦는 꽃들의 늦은 오후
주홍빛 서녘 하늘에 어스름이 내린다

축제의 마지막은 폐비처럼 처연하다
화장 지운 민낯으로 봇짐 싸는 가지 사이

삽시에 궐기를 하듯
불쑥 솟는
초록 잎들

초식성

시조 전문 계간지에 꽃밭이 펼쳐진다
가람의 난초부터 초정의 봉선화까지
그 빛깔 향기에 취해 눈귀를 멀게 하는

아내의 식탁에도 푸성귀가 한철이다
절이거나 살짝 데쳐 힘을 뺀 고갱이들
섬유질 비타민 밥상 황금똥 잉태한다

설사도 변비도 없는 평화로운 웰빙지대
송곳니를 거세당한 합죽이 시인들이
침팬지 우리 앞에서 재롱을 떨고 있다

아람이 벌기까지

너 떠난 저문 뜰에 파문처럼 놀이 진다
빛바랜 하냥다짐 달도 마냥 수척해지고
이 가을 베갯머리가 찬 이슬에 젖는다

피면 곧 지는 것이 세상 모든 꽃이더라
봄여름 비와 바람 씨방에 쟁이는 저녁
고양이 새된 울음이 빈 어둠을 흔든다

밤 도운 지평에도 해말간 아침은 오고
짧기만 했던 사랑, 돌아보는 꽃대 위로
옹글게 비추는 볕살
등마루가
뜨겁다

'왼바라기'의 마음과 눈길로
─ 임채성의 『왼바라기』와 시인의 세상 읽기

장 경 렬 (서울대 영문과 교수)

기起, '내 앞의 나' 앞에서

시조는 현실과 밀착해 있는 시 형식인 만큼, 시조 시인의 시선이 현실을 향함은 당연해 보인다. 하지만 바로 그 현실에 '나'도 포함된다는 사실에 유의하는 시조 시인은 오늘날 많아 보이지 않는다. 즉, 관찰과 비판의 시선은 외부를 향할 뿐, 자신조차 현실적인 관찰과 비판의 대상임을 의식하는 시조 시인은 그리 흔치 않아 보인다. 하지만 이른바 '자기 돌아보기'의 전통은 오래 전부터 있어 왔으며, 어찌 보면 저 유명한 정몽주의 단심가丹心歌도 일종의 '자기 돌아보기'의 시일 수 있다. 이 같은 전통의 시조 가운데 특히 우리의 눈길을 끄는 것은 조선 시대의 선비 서경덕이 남긴 다음과 같은 작품이다. "무음아 너는 어이 미양에 져멋는다/ 내 늘글 적이면 넨들 아니 늘글소냐/ 아마도 너 좇녀 든니다가 눔우일가 ㅎ노라." 서경덕이 여기서 말을 건네는 자신의 "ᄆ음"은 현실 세계의 관습이나 규범에 얽매이지 않는 자유로운 정신을 지시하는 것일 수 있다. 마음과 몸 사이의 갈등을 간명한 언어로 드러내는 이 작품은 시조의 시적 소재가 단순히 눈앞의 현실뿐만 아니라 그 현실을 살아가는 자기 자신까지 포함될 수 있음을 보여 주는 소중한 예 가운데 하나다.

현실 속의 자신을 시적 소재로 삼은 시조 작품 가운데 또 하나 짚고 넘어가지 않을 수 없는 예는 일제 침략기에 삶의 태반을 살아야 했던 시인 조운의 「석류」다. "투박한 나의 얼굴/ 두툼한 나의 입술// 알알이 붉은 뜻을/ 내가 어이 이르리까// 보소라 임아 보소라/ 빠개 젖힌/ 이 가슴." 아마도 이 작품에 등장하는 석류는 시인 자신의 못난 모습과 절절한 마음 상태를 함께 담은 것임을 감지하지 못할 사람은 없을 것이다. 또한 시인이 이 작품에서 언급하는 "임"은 좁게 보아 인간적인 사랑의 대상일 수도, 넓게 보아 만해 한용운의 "임"과 동일한 차원의 동경 대상으로 볼 수도 있음을 새삼 거론할 필요가 없으리라. 어찌 보면, 자신에 대한 조운의 반성적 성찰은 시대가 요구하는 만큼 서경덕의 것에 비해 한층 더 치열해진 것일 수 있겠다.

이 같은 전통에도 불구하고, 우리 시대의 시조 시인들이 과연 얼마만큼 진지하게 자기 돌아보기를 시적 과제로 삼고 있을까. 작품을 통해 자신이 얼마나 탁월한 감수성과 밝은 눈의 소유자인가를 알게 모르게 드러내는 시조 시인이 넘쳐나는 우리 시대에 임채성의 다음 작품은 우리가 소홀히 여겨서는 아니 될 '자기 돌아보기'라는 시적 과제가 여전히 살아 있음을 확인케 한다.

배고프면 찡그리고
배부르면 웃음 짓네

구겨진 지폐 몇 장에
홑껍데기 이름을 파는

누구냐?

거울 속에서
내 꼴을 한
네 놈은

— 「서시」 전문

임채성의 이번 시집 『왼바라기』의 첫 페이지를 장식하는 작품인 「서시」가 '자기 돌아보기'의 시라는 점은 여러 면에서 각별한 의미를 갖는다. 중언부언일 수 있겠지만, 현실에 대한 비판적 관찰과 우의적 형상화의 시 형식인 시조의 관찰 대상에는 시인 자신까지 포함될 수 있거니와, 「서시」는 바로 이 점을 새삼스럽게 일깨운다. 어찌 보면, '서시'란 시집에 대한 일종의 길잡이에 해당하는 작품으로, 이는 임채성의 이번 시집이 무엇보다 현실에 처해 있는 동시에 현실의 일부분인 시인의 '자기 돌아보기'에 바탕을 둔 것임을 암시하기 위한 것일 수도 있다. 아울러, '자기 돌아보기'의 시를 '서시'로 내세움으로써 시인은 오늘날의 시대정신에 부합하는 시조 창작의 가능성에 새롭게 문을 열고 있다는 점도 특기할 만한데, 여기에는 약간의 설명이 요구된다. 오늘날은 정치적으로든 사회적으로든 문화적으로든 모든 사람이 평등하다는 논리를 근간으로 하는 민주주의 시대다. 이런 시대정신에 비춰볼 때 예컨대 시인이라고 해서 특별한 존재일 수는 없다. 즉, 오늘날의 시인들은 세속과 거리를 둔 채 인간 세계를 내려다보는 신선과 같은 존재일 수 없다. 시인 역시 현실 속의 삶이라는 굴레에서 벗어나지 못하는 현실의 일원일 뿐이다. 임채성의 '자기 돌아보기'는 바로 이 점을 부각하고 있다는 점에서 각별한 의미를 갖거니와, 「서시」에 담긴 '자기 돌아보기'는 과거 시인들 특유의 고답적인 자세를 말끔히 청산한 채 현실의 삶을 살아가는 평범한 인간으로서의 시인의 모습을 그 어느 시대 그 어느 시인보다 더 진솔한 언어로 드러내고 있지 않은가.

임채성의 「서시」는 앞서 언급한 서경덕이나 조운의 작품과 견줄 때 그 특징이 더욱 생생하게 드러난다. 우선 서경덕의 시조는 시인이 몸의 입장에서 마음에게 말을 거는 형식으로 되어 있다. 몸이 늙었지만 정신만큼은 아직도 젊다. 젊음의 혈기를 잃지 않은 마음을 향해 몸이 한마디 걱정의 말을 건넨다. "아마도 너 좃녀 ᄃᆞ니다가 ᄂᆞᆷ우일가 ᄒᆞ노라." 임채성의 「서시」에서도 몸과 마음 사이의 갈등이 암시되지만, 여기서는 마음이 몸에게 말을 건넨다. "내 꼴을 한/ 네 놈"은 "누구냐"고. 물론 시인이 말을 건네는 "내 꼴을 한/ 네 놈"은 "배고프면 찡그리고/ 배부르면 웃음 짓네// 구겨진 지폐 몇 장에/ 홑껍데기 이름을 파[는]" 현실의 '나'다. 생물학적으로 편안함과 경제적으로 명분 없는 실익을 추구한다는 점에서 '나'는 지극히 세속적인 존재다. 어찌 보면, 몸의 요구에 끌려 다니는 세속적인 '나'를 향해 비판을 가하는 시인의 마음이 여기서 읽힌다.

한편, 조운의 시에는 "석류"가 시인의 모습을 반영하는 거울의 역할을 한다면, 임채성의 시에서는 말 그대로 "거울"이 시인의 모습을 드러내는 매체의 역할을 하고 있다. 여기서 우리가 유의해야 할 것은 "석류"와 달리 "거울"은 인간이 만들어낸 인위적인 도구라는 점이다. 바로 그 때문인지 몰라도, "석류"라는 자연의 사물에 기대어 자신의 모습을 돌아보는 조운의 시와 달리, 임채성의 시는 자연을 향해 눈길을 줄 여유조차 없는 각박하고 메마른 현실 속 인간의 모습을 또렷하게 부각한다. 시인의 '자기 돌아보기'가 그 어느 시인의 것보다 더 절박하고 치열한 것일 수 있음은 바로 이 때문이 아닐까.

임채성의 '자기 돌아보기'는 물론 여기서 끝나지 않는

다. 아니, 더욱 강도强度를 더하고 있음을 확인케 하는 작품 가운데 하나가 「카피, 라이터」일 것이다.

광고회사 신입 시절 광고주 인사 갔죠
갓 찍은 명함 주며 카피라이터라 했어요
남의 글 베껴 쓰는 일?
복사기냐며 웃대요

식은 커피 다시 끓어도 웃으며 대답하길
코피를 쏟을 때까지 문안 뽑는 일이라고,
오늘도 문안 여쭈러
잠시잠깐 들렀다고

살다보니 복사기가 도처에 있더군요
TV에도 신문에도 서점과 인터넷에도
거리엔 같은 얼굴에
같은 옷의 사람들

생각까지 복제하는 디지털 카피시대
내 시는 그 무엇을 베껴 쓴 판박일까
붕어 살 한 점도 없는
붕어빵도 그러거니

　　　　　　　　　　　　　—「카피, 라이터」 전문

아마도 시를 써서 생계를 유지하는 시인은 세상 어디

에도 없을 것이다. 모두 네 수의 단시조로 이루어진 이 작품에서 시인이 암시하듯, 시인들에게는 무언가 직업이 있게 마련이다. 이 시에서 시인이 "광고회사 신입"인 적이 있듯, 「카피, 라이터」는 그처럼 "광고회사 신입"이던 시절 "광고주"에게 인사를 갔던 때의 기억이 이 시의 소재가 되고 있다. "카피라이터"로 일한다는 시인의 자기소개에 "광고주"는 시인을 놀리듯 이렇게 말한다. "남의 글 베껴 쓰는 일"을 하느냐고. 곧이어 "복사기냐"고 묻고는 웃는다. 아무리 광고주라 하더라도 이런 식으로 타인의 직업을 매도하는 것은 옳은 일이 아니다. 하지만 약자의 입장에 있는 광고회사의 신입 사원인 시인은 카피라이터가 하는 일이 무엇인지를 광고주에게 설명한다. 설명하되, 냉소와 가시를 담아. "코피를 쏟을 때까지 문안 뽑는 일이라고./ 오늘도 문안 여쭈러/ 잠시잠깐 들렀다고." 당연한 사실이긴 하나, "남의 글 베껴 쓰는 일"과 "문안 뽑는 일"에 차이가 있듯, "문안 뽑는 일"의 '문안'과 "문안 여쭈러"의 '문안'이 뜻하는 바는 전혀 다르다. 그런 관점에서 볼 때, 양자의 차이를 짐짓 모른 척하는 광고주—아니, 어쩌면 차이를 모를 법한 광고주—에게 이보다 더 신랄하고 절묘한 답변이 어디 있겠는가. 뿐만 아니라, '문안文案'이라는 말과 '문안問安'이라는 말이 발음이 같다 해서 전자가 후자의 '복사'이거나 후자가 전자의 '복사'일 수 없음에도 불구하고, 양자의 차이를 애써 무시하고자 하는 광고주의 무지 또는 가장된 무지에 대해 이보다 더 산뜻하고 가시 돋친 비판이 있을 수 있겠는가.

「카피, 라이터」의 둘째 수의 초장을 시작하는 "식은 커피 다시 끓어도"는 시인의 감정을 드러낼 듯 숨기고 숨길 듯 드러낸다는 점에서 각별한 주목을 요구한다. 만일 이 말에 이어지는 "웃으며 대답하길"을 삽입절로 보는 경우, "식은 커피 다시 끓어도"는 "코피를 쏟을 때까지"와 함께 "문안 뽑는 일"이 결코 쉬운 일이 아님을 암시하는 말로 읽을 수 있다. 하지만 그렇게 읽을 가능성을 배제하지 않는 동시에 "식은 커피 다시 끓어도"는 "웃으며 대답하길"을 한정하는 말로 읽도록 독자를 유도하기도 한다. 어떻게 식은 커피가 저절로 끓을 수 있겠는가. 이런 관점에서 보면, "식은 커피"는 광고주가 시인에게 대접했을 법한 커피가 이미 식은 상태임을 암시하는 것일 수 있고, 또한 "식은 커피"는 시인의 심리 상태를 암시하는 것일 수 있다. 마치 식은 커피가 저절로 끓듯, 시인의 마음은 광고주의 빈정거림에 자기도 모르게 끓어오른 것 아닐까. 하지만 시인은 웃으며 대답할 만큼 냉정을 잃지 않는다. 냉정을 잃지 않는 동시에 그럼에도 여전히 냉정을 잃고 끓어올랐음을 암시하기 위해 시인은 '마음'이 아닌 '커피'가 식었다가 끓은 것으로 묘사하고 있는 것은 아닐지? 임채성이 젊은 시조 시인들 가운데 각별히 주목받는 이유는 '문안'이라는 표현과 관련하여 보여 준 언어적 재치뿐만 아니라 여기서 확인되는 절묘한 언어

구사 능력 때문인지도 모른다.

　작품 전체를 놓고 볼 때 기승전결起承轉結의 전轉에 해당하는 셋째 수에서 시인은 화제를 바꾼다. 광고주의 비아냥거림에 마음이 끓어올랐음에도 불구하고 그의 말에 담긴 진실을 외면할 수 없다는 듯, 시인은 "살다보니 복사기가 도처에 있[다]"는 사실을 인정한다. 세상의 온갖 매체에는 마치 복사기로 복사한 듯 남의 글을 베껴 쓴 것들로 가득한 것이다. 어찌 보면, 이 시의 제목이 암시하듯, '카피copy'하는 일이 '라이트write'하는 일—물론 창조적으로 '라이트'하는 일—과 분리되어 후자를 뒷전으로 밀어내고 우리 시대를 지배하고 있는지도 모른다. 심지어 "같은 얼굴에/ 같은 옷의 사람들"이 "거리"에 넘쳐나기도 한다. 성형 수술이 일반화되어 있고 생각 없이 유행을 추수하는 사람들로 가득한 세태에 대한 비판의 시선을 여기서 감지할 수 있으리라.

　결結에 해당하는 넷째 수에서 시인은 비로소 '자기 돌아보기'에 돌입하는데, "생각까지 복제하는 디지털 카피 시대"임을 부정할 수 없는 현실에 처하여 시인은 이렇게 자문한다. "내 시는 그 무엇을 베껴 쓴 판박일까." 적어도 이 같은 의문이 시인의 의식을 지배하는 한, 그는 복사기와 같은 시인으로 존재하지 않을 것이다. 정녕코 시인의 자문에서 우리가 확인할 수 있는 것은 「서시」에서 감지할 수 있었던 것과 동일한 시인의 겸손함과 자기반성의 자세다. 이어지는 구절인 "붕어 살 한 점도 없는/

붕어빵"이라는 표현이 암시하듯, 이는 세상을 떠도는 상투적인 표현에 기댄 것이긴 하나 결코 그것을 베낀 것이 아니다. 어찌 보면, 시인 특유의 고유한 언어적 감수성이 이끈 언어적 재창조에 해당하는 언어 표현으로 보아도 무리는 없을 것이다.

승承, 삶의 광장 한가운데서

시인의 '자기 돌아보기'가 감지되는 적지 않은 작품 가운데 우리가 또 하나 주목해야 할 것은 이번 시집의 표제작인 「왼바라기」다. 이는 '자기 돌아보기'의 측면에서도 의미 있는 작품이지만, 이와 함께 시인의 삶에 대한 태도를 확인케 한다는 점에서뿐만 아니라 시인의 현재와 미래의 시적 경향을 감지케 한다는 점에서도 각별히 문제 삼을 만한 작품이다. 우선 이 작품을 읽기로 하자.

걸음 뗀 그날 이후 아버지는 말하셨지
연필과 숟가락은 꼭 오른손에 잡으라고
옳은 쪽 바른 손만이 법이고 밥이라며

날 때도 왼쪽부터 팔다리가 나왔던 난
외곬의 아버지 말씀 마냥 좇진 못했지
누르면 용수철처럼 튕겨지는 결기 앞에

그런 날 무람하게 교차로에 나서 보면
신호 없는 좌회전은 너나없이 불법인데
눈치껏 그냥 돌아도 우회전은 뒤탈 없고

오른쪽 날개로만 날 수 있는 반쪽 나라
자오선 좌표 위에 묶여 있는 이 하루도
그른 쪽 그늘에 숨어 비익조比翼鳥를 꿈꾸네

―「왼바라기」 전문

　무엇보다 제목을 이루는 "왼바라기"라는 말이 무엇을 뜻하는가를 문제 삼을 수 있다. 시의 내용으로 보아, 이는 '해바라기'와 같은 형태의 신조어일 수 있겠다. 즉, 해를 향하여 움직이는 꽃이 해바라기이듯, '왼바라기'는 왼쪽을 향하여 움직이는 사람이라는 뜻을 유추할 수 있다. 그렇다면, 이때의 '왼쪽'이 의미하는 바는 무엇일까. 동서양 어디서나 마찬가지겠지만, 일반적으로 사람들은 '오른쪽'을 '옳은 쪽'으로, '왼쪽'을 '그른 쪽'으로 받아들인다. 즉, '왼쪽'은 잘못된 쪽 또는 엇나가거나 비뚤어진 쪽으로 이해하는 경향을 보인다. 그런 의미에서 볼 때, 이 시에서 암시되는 시인의 '자기 되돌아보기'는 항상 엇나가는 자신에 대한 일종의 자기반성일 수도 있다. 하지만 이에 대한 우리의 이해는 그런 식의 단선적인 것으로 끝나서는 안 된다. 시인이 여기서 고백하는 이른바 '왼쪽

지향성'은 여러 관점에서 의미를 갖는 것이기 때문이다. 무엇보다 우리는 시인의 고백을 시 쓰기와 관련하여 문제 삼을 수 있는데, 시인이란 누구나 옳고 당연한 것으로 여기는 현실이나 사회 및 자연 현상에 대해 새롭게, 또한 일반인의 시각에서 보면 엉뚱하고 엇나간 방향으로 이해하는 사람이기 때문이다. 즉, 시 쓰기 자체가 '왼쪽 지향성'을 암시하는 것일 수도 있다. 하지만 이것이 전부는 아니다. 시인이 암시하는 '왼쪽 지향성'은 여기서 한 걸음 더 나아가 현실과 사회의 정치적인 또는 문화적인 우경화右傾化에 대한 경계와 반발을 뜻하는 것일 수도 있거니와, 시인 임채성이 사회적 약자나 피해자에 깊은 관심을 보이는 것 역시 이 같은 의미에서의 시인의 '왼쪽 지향성'과 무관하지 않을 것이다.

앞서 검토한 「카피, 라이터」와 마찬가지로 네 수의 단시조로 이루어진 「왼바라기」의 첫째 수에서 시인은 "옳은 쪽 바른 손만이 법이고 밥"이니 "연필과 숟가락은 꼭 오른손에 잡으라고" 가르치던 어릴 적의 아버지를 기억에 떠올린다. 사실 누구라도 이 같은 가르침을 받은 적이 있을 것이고, 대부분의 사람이 이에 순치되게 마련이다. 하지만 둘째 수에서 시인은 "날 때도 왼쪽부터 팔다리가 나왔던" 만큼 선천적인 '왼바라기'임을, 그렇기에 "누르면 용수철처럼 튕겨지는 결기"를 어쩌지 못하는 존재임을 고백한다. 이어지는 셋째 수에서 시인은 시선을 자신에게서 사회로 향하는데, 예컨대 "교차로"에서 "신

호 없는 좌회전은 너나없이 불법인데/ 눈치껏 그냥 돌아
도 우회전은 뒤탈 없"음을 주목한다. 좌경화를 경계하고
우경화를 부추기는 사회 현실에 대한 시인의 비유가 참
신하고 산뜻하다. 어찌 보면, 이 같은 참신하고 산뜻한
비유에서 읽히는 것이 다름 아닌 선천적인 '왼바라기'로
서의 시인—즉, 세상을 새로운 시선으로 볼 수 있는 능
력을 갖춘 자—의 시선이 아닐지!

　결結에 해당하는 넷째 수가 전하는 시적 메시지는 낮고
차분한 어조에도 불구하고 더할 수 없이 강렬하다. "오
른쪽 날개로만 날 수 있는 반쪽 나라"는 곧 시인이라는
'왼바라기'들이, 또한 정치적으로나 사회적으로나 문화
적으로 입장을 달리하는 '왼바라기'들이 쉽게 용인되지
않는 현실에 대한 신랄한 우의적寓意的인 비판을 담고 있
다는 점에서 그러하다. 한쪽 날개로만 날려 하는 비정상
적인 새와도 같은 것이 오늘날의 우리 사회가 아닌가라
는 반문이 여기서 감지되거니와, 이 같은 반문이 지닌
설득력은 결코 만만한 것이 아니다. 또한 "자오선 좌표
위에 묶여 있는 이 하루"는 편협하고 정체된 오늘날의
우리 현실을 일깨우거니와, 이런 현실에서 어찌 "왼바라
기"들이 "그른 쪽 그늘에 숨어" 있지 않을 수 있겠는가.
하지만 시인은 결코 절망하거나 좌절하지 않는다. 신화
속의 존재인 비익조—즉, "암컷과 수컷의 눈과 날개가
하나씩이어서 짝을 짓지 아니하면 날지 못한다는 전설
상의 새"(인터넷 표준국어대사전)—를 꿈꾼다는 점에서 그

러하다.

　정치적으로나 사회적으로 '왼바라기'로서의 시인 임채성의 작품에서는 현실 비판의 목소리뿐만 아니라 사회적 약자나 피해자에 대한 애정 어린 관심이 강하게 감지되기도 한다. 아마도 이 같은 경향을 총체적으로 집약하고 있는 작품이 제주에서 있었던 4·3 사건의 피해자들을 소재로 한 일련의 시일 것이다. 하지만 이처럼 과거의 역사를 되돌아보는 일을 소재로 삼은 작품보다도 더 생생하게 사회적 약자나 피해자에 대한 눈길을 확인케 하는 것은 오늘날의 우리 현실의 아픈 측면 자체를 소재로 한 작품들일 것이다. 예컨대, 「비둘기가 있는 정물」을 보라.

　　지하상가 계단참에 비둘기가 졸고 있다
　　버짐 핀 죽지 사이 초점 없는 눈을 묻고
　　어디로 날아야 할까,
　　하늘마저 잃어버린

　　겨우내 빠진 깃은 봄이 와도 나지 않고
　　무심한 눈빛들이 던져주는 동전 한 톨
　　볕 짧은 뱃속 한기를
　　깡통 아래 재운다

　　골판지 박스 위에 부려놓는 이 하루도
　　백화점 세일전단에 땡처리로 올라앉아

술병 속 바람소리만
람바다를 추고 있다

      ―「비둘기가 있는 정물」 전문

 이 시의 "비둘기"는 물론 노숙자를 지시한다. 다시 말해, 비둘기에 빗대어 노숙의 삶을 이어갈 수밖에 없는 이들이 시의 소재가 되고 있다. 모두 세 수의 단시조로 구성된 이 작품의 첫째 수와 둘째 수에서 시인은 먼저 비상飛翔을 위한 "하늘마저 잃어버린" 비둘기와 같은 처지의 노숙자에게 눈길을 향한다. "어디로 날아야 할까,/하늘마저 잃어버린" 채 "버짐 핀 죽지 사이"에 "초점 없는 눈을 묻고" 있는 비둘기처럼 웅크린 채 "지하상가 계단참"에서 "졸고 있는" 어느 한 노숙자에게 눈길을 던지고 있는 것이다. 그에게 희망은 없다. 마치 "겨우내 빠진 깃은 봄이 와도 나지 않"는 비둘기처럼. 그런 노숙자에게 "무심한 눈빛들"이 "동전 한 톨"을 던져준다. 마치 비둘기에게 모이 한 톨을 던져주듯. 하지만 노숙자가 결코 비둘기가 아님을 독자에게 일깨우기라도 하듯, 시인은 "동전 한 톨"이 던져져 들어갈 때 쨍그랑 소리를 낼 법한 "깡통"에 자신의 눈길을 모은다. 깡통 안에 던져진 동전이 내는 소리는 졸고 있는 노숙자―그것도 "볕 짧은 뱃속 한기"로 인해 의식이 가물가물한 노숙자―를 언뜻 졸음에서 깨어나게 할지도 모른다. 하지만 시인은 그보다 노숙자를 비둘기와 다름없이 여기는 사람들―즉, 의식이 졸음에 젖어 있어서 노숙자를 기껏해야 비둘기와 다름없는 존재로 여길 뿐 더 이상 현실을 현실로 인식하기를 포기했을 법한 사람들——을 의식의 졸음에서 깨어나기를 바라는 것은 아닐지? 어쩌면, 시인은 "동전 한 톨"로 인해 소리를 내는 "깡통"에게 나름의 역할을 기대하고 있는지도 모른다. "동전 한 톨"을 던져주는 사람들뿐만 아니라 심지어 이 시를 읽는 사람들 모두의 잠들고 마비된 의식을 깨우는 경종警鐘의 역할을 기대하고 있는 것은 아닐지?

시인은 이 시의 "비둘기"가 비둘기가 아니라 노숙자임을 일깨우는 둘째 수를 거쳐, 이제 셋째 수를 통해 이 작품의 전轉과 결結로 우리의 눈길을 이끈다. 여기서 시인은 우리에게 정면으로 노숙자의 삶과 마주하게 하는데, "골판지 박스 위에 부려놓는" 노숙자의 "하루"나 "백화점 세일전단에 땡처리로 올라앉아" 있는 노숙자의 모습은 누군가의 관심이나 연민을 이끌 성질의 것이 아니다. 이를 암시하기라도 하듯, 시인은 시 전체를 놓고 볼 때 기승전결의 결에 해당하는 셋째 수의 종장(제3연의 제4–5행)에 이르러 그들이 술에 젖어 있음을 암시한다. 브라질의 관능적인 춤인 "람바다"가 "바람소리"를 통해 그들과 함께하고 있음을 암시하는 종장이 시사示唆하듯, 시인은 술에 젖어 있는 그들에게 관심을 가질지언정 결코 조건 없이 호의를 보이는 것으로 보이지 않는다. 어찌 보면, 시인은 다만 그들에게 관심을 갖되 냉정한 관찰자로서의 자기 위치를 고수하고 있는 것처럼 보이기도 한다. 임채성의 현실 비판 또는 사회적 약자나 패배자의 관심이 결코 감상에 흐르지 않음은 「비둘기가 있는 정물」과 같은 작품에서 감지할 수 있는 일종의 거리두기 때문 아닐지? 어찌 보면, 엄청난 번식력과 환경오염의 문제로 인해 거의 공해의 주범으로까지 받아들여지는 것이 비둘기다. 노숙자를 비둘기에 비유함은 이기적인 도시인들의 자의적 판단을 암시하는 것일 수 있겠지만, 시인이 여기에 기댐은 그들의 존재가 일반적인 사람들의 시선에 어떤 것인가를 냉정하게 보이고 평가하는 일종의 지표일 수도 있겠다. 바로 여기서 암시되는 거리두기야말로 시인이라면 누구에게나 요구되는 시적 균형 감각의 필수 요건은 아닐지?

전轉, 에움길 없는 외길 위에서

임채성의 이번 시집에서 감지되는 또 하나의 두드러진 경향은 '길 위에서 쓴 시'라고 말할 수 있는 작품이 적지 않다는 점일 것이다. '길 위에서 쓴 시'라니? 우리가 이 같은 표현을 동원함은 집을 떠나 어디론가 떠도는 동안 시인이 마주한 낯선 풍광이나 인간사를 있는 그대로 시적 형상화한 작품을 지칭하기 위한 것이다. 아무튼, 길 위에서 쓴 임채성의 작품에 지리적 배경이 되고 있는 곳은 휴전선 너머 금강산 초입의 온정리든, 철원의 백마고 지든, 천마산 기슭이든, 제주도의 섯알오름 앞이나 4·3 유적지든, 부안의 곰소항이든, 포항의 호미곶이든, 신안 의 가거도든, 섬진강가든, 소록도든, 남이섬이든, 또는 그 외 어느 곳이든, 모두가 우리나라의 하늘 아래다. 사 실, 요즘처럼 해외여행이 일반화되어 있고 해외여행을 다니며 쓴 시들이 시단에 넘쳐나는 점을 감안하면, 임채 성의 시 세계는 예외적이라 할 수 있다. 그에게 해외여 행의 경험이 없기 때문일까. 시인의 전언에 따르면, 그 는 일본, 대만, 홍콩, 싱가포르, 중국 등 여러 곳을 여행 한 바 있다고 한다. 그렇다면, 길 위에서 쓴 그의 시에는 외국의 하늘 아래가 등장하지 않는 이유는 무엇일까. 우 리 나름의 주관적인 판단일지 모르나, 해외여행 도중에 쓴 시들은 어떤 시인의 것이든 막연한 인상印象과 달뜬 감상感傷으로 인해 시적 깊이와 호소력을 결여하고 있는 경우가 그렇지 않은 경우보다 더 많다. 혹시 이를 경계 하여 임채성은 해외에서 시를 썼다 해도 이를 유보한 채 우리나라의 하늘 아래서 쓴 것만을 세상에 내놓은 것은 아닐지? 외국에서와는 달리 우리나라의 하늘 아래서는 막연한 인상과 달뜬 감상을 배제할 수 있기에, 그는 자 신의 시 세계에서 외국여행의 경험을 배제한 것은 아닐 지? 이유가 어디에 있든, 임채성이 길 위에서 쓴 작품들 을 보면 어디서나 우리 시대를 살아가는 현실 속의 인간 들—거듭 말하지만, 그 가운데서도 특히 사회적 약자나

112

피해자들—의 아픔과 현실이 생생하게 감지된다. 아마
도 수많은 예 가운데 하나가 다음과 같은 작품일 것이
다.

> 인적 끊긴 저문 산을 누가 저리 울리나
> 헤프게 옷을 벗는 나무들을 매질하듯
> 일 초에 대여섯 번씩 제 머리를 찧는 이
>
> 가을은 불에 탄 채 지상에서 내쳐졌다
> 다시 서는 빙벽 앞에 쉼 없이 정을 들지만
> 끝끝내 파내지 못한 뼛속 깊은 옹이 하나
>
> 피로 쓴 연판장을 먼 도시로 날려놓고
> 지난여름 천둥소리 빈 가지에 새기는 저녁
> 저 홀로 딱총을 쏘듯 잠든 숲을 깨운다
>
> ―「천마산 딱따구리」 전문

시인은 어느 가을날 남양주의 천마산을 찾는다. 그리
고 그곳 산기슭에서 저녁 시간을 보내는 동안, 어두운
숲 저편에서 딱따구리가 나무를 쪼는 소리에 귀를 기울
인다. 아마도 도시의 소음에 젖어 삶을 살아가던 시인에
게 사위가 어둠으로 덮인 고요한 산기슭에서 듣는 딱따
구리의 나무 쪼는 소리는 각별한 시적 감흥을 불러일으
켰으리라. 그리하여 쓴 시가 바로 「천마산 딱따구리」일
것이다. 하지만 이 작품은 단순히 낯설어진 주변 환경에

대한 도시인의 느낌을 노래한 이른바 '자연의 시'가 아니다. 시인은 딱따구리의 나무 쪼는 소리에서조차 인간사의 한 단면을 읽고 있거니와, 이 작품은 언뜻 우리에게 고려 시대의 선비 이조년의 다정가多情歌를 떠올리게도 한다. "梨花에 月白ᄒᆞ고 銀漢이 三更인제/ 一枝春心을 子規ㅣ야 아라마는/ 多情도 病인양ᄒᆞ여 ᄌᆞᆷ못드러 ᄒᆞ노라." 물론 「천마산 딱따구리」에서 암시되어 있는 시간은 "저녁"으로, 다정가가 말하는 시간인 자정 무렵과는 다르다. 하지만 어둠 속에 들려오는 두견새의 울음소리에 시인의 마음을 투사하고 있는 시조가 이조년의 다정가라는 점에서 보면, 딱따구리의 나무 쪼는 소리에 자신의 마음을 싣는 임채성의 시조와 정조情調의 면에서 크게 다르지 않다. 물론 자연은 인간사에 무심하다. 아니, 인간사와 관계없이 자연은 자체의 운행 원리에 따라 움직일 뿐이다. 두견새의 울음소리도 그렇지만 딱따구리의 나무 쪼는 소리도 인간사에 무심한 자연의 한 현상일 뿐이다. 하지만 "다정도 병인 양"하여 두견새의 울음소리에 이조년이 잠 못 이루듯 임채성은 딱따구리의 나무 쪼는 소리에 "잠든 숲"과 같던 의식의 잠에서 깨어 있는 것이 아닐지? 셋째 수에 언급된 "피로 쓴 연판장"을 날리던 때의 기억이 딱따구리의 나무 쪼는 소리와 함께 되살아나 있다는 점에서 그러하다.

모두 세 수로 이루어진 「천마산 딱따구리」의 첫째 수에서 시인은 자신이 찾은 "인적 끊긴 저문 산"의 정경으로 우리를 이끈다. 그곳에는 "헤프게 옷을 벗는 나무들"이 있고, 그런 나무들을 "매질하듯/ 일 초에 대여섯 번씩 제 머리를 찧는 이"가 있다. 일종의 의인화擬人化를 통해 나무와 딱따구리의 관계를 묘사하고 있거니와, 이 시가 단순히 자연의 정경을 있는 그대로 묘사한 작품으로 끝나지 않을 것임을 첫째 수부터 암시하고 있는 셈이다. "헤프게 옷을 벗는 나무들"과 그런 나무들을 "매질하듯/ 일 초에 대여섯 번씩 제 머리를 찧는 이"가 지시하는 대상은 과연 무엇일까. 그 물음에 대한 답이 무엇이든, 둘째 수에 이르러 시인은 "불에 탄 채 지상에서 내쳐"진 "가을"이라는 표현을 통해 계절이 바뀌어 붉게 물든 숲의 정경을 일깨우는 동시에 어지럽고 스산한 인간사의 정경을 함께 일깨우기도 한다. 이어지는 시적 진술인 "다시 서는 빙벽 앞에 쉼 없이 정을 들지만/ 끝끝내 파내지 못한 뼛속 깊은 옹이 하나"는 결코 있는 그대로의 자연에 대한 묘사일 수 없다. 이 진술을 통해 시인은 나무를 쪼는 딱따구리와도 같이 "쉼 없이 정을 들"어 파내려 하지만 파낼 수 없는 "뼛속 깊은 옹이"와도 같이 해결하고자 하나 해결이 막막한 인간사의 난제難題가 있음을 암시한다. 셋째 수에 이르러 표현은 더욱 강렬하고 직접적인 것이 되는데, "피로 쓴 연판장을 먼 도시로 날려놓고"가 의미하는 바는 딱따구리가 쉼 없이 나무를 쪼듯 줄기차게 부딪쳐 보지만 도저히 해결이 불가능한 난제가 인간사에 있음을 말하기 위한 것이리라. 사실 "피로 쓴 연판

장"을 작성하는 일이야 인간들—인간들 가운데서도 사
회적 피해자나 약자들—의 일이다. 바로 그 인간들의 일
에 딱따구리가 참여한 것처럼 말함으로써 시인은 심정
적으로나마 이미 한 마리의 딱따구리가 된 것이고, 그런
의미에서 딱따구리는 곧 시인에 대한 우의적 형상화일
수 있다. 말하자면, "지난여름 천둥소리 빈 가지에 새기
는 저녁"에 "저 홀로 딱총을 쏘듯 잠든 숲을 깨"우는 딱
따구리는 곧 약자나 피해자로서의 시인 또는 그들의 대
변자로서의 시인을 지시하는 것일 수 있다.

　길 위의 시인을 확인케 하는 수많은 작품 가운데 우리
가 또 한 편 주목하고자 하는 시는 「0시의 바다」로, 이
시에서 우리는 무엇보다 삶이라는 여행의 길 위에, 그것
도 "에움길"이 없는 외길 위에 서 있는 시인의 모습을 생
생하게 읽을 수 있기 때문이다.

　　　천식 앓는 숨소리로 바다가 뒤척인다
　　　등 굽은 물마루엔 인광이 파닥이고
　　　선창을 떠나온 배는 잔기침을 뱉는다

　　　에움길은 본디 없다, 편도의 길 위에선
　　　앞으로만 내달리는 파도의 꺽진 걸음
　　　입가의 비린 거품과 너겁을 비질하며
　　　　　　　　　　　—「0시의 바다」 제1-2수

이 시에 등장하는 바다는 어느 바다일까. 시인에게 문의하니, 예상대로 우리나라 하늘 아래의 바다, 그것도 그의 고향인 남해군의 바다라고 한다. 추측건대, 고향을 찾은 시인이 자정 무렵 바닷가에 나와 바다와 마주하고 있는 것이리라. 네 수의 단시조로 이루어진 이 작품의 첫째 수에서 우리는 한밤의 바다를 향해, 그리고 선창을 떠나 한바다로 나가는 배를 향해 눈길을 주고 있는 시인과 만날 수 있다. 한밤의 시인이 그러하듯 잠들지 못하고 깨어있는 바다의 전경이 한 폭의 그림처럼 생생하다. 어쩌면, 뒤척이는 바다는 상념에 잠긴 시인의 마음을, "물마루"에서 파닥이는 "인광"은 시인의 마음속에서 명멸하는 상념들을 객체화한 것일 수도 있겠다. 아무튼, 이 작품 속 밤바다의 정경이 우리에게 생생하게 다가오는 것은 의인화에 따른 것이다. "천식 앓는 숨소리"로 뒤척이는 바다와 "등 굽은 물마루"와 "잔기침을 뱉는" 배는 모두 일신이 편치 않은 인간의 모습을 떠올리게 하지 않는가.

곧이어 이 작품의 둘째 수에서 시인의 눈길은 "파도"로 좁혀진다. 어찌 보면, 눈길의 '줌인zoom-in'이 첫째 수와 둘째 수 사이에 이루어지고 있는 셈이다. 좁혀진 시인의 눈길을 압도하는 "파도"는 시인에게 더할 수 없이 소중한 인간사의 진리를 깨닫게 한다. "에움길은 본디 없다." 즉, 방향을 돌려 뒤로 돌아가는 파도가 없듯, 인간의 삶이란 본래 "앞으로만 내달리는 파도"와 같은 것,

에움길이 없는 외길을 따라 여행을 이어가는 일과 같은 것이 아닌가. 임채성이 길 위에서 쓴 작품들을 읽다 보면, 언제나 되돌아갈 길이 없는 외길을 따라 걷는 여행객이 느낄 법한 막막함이 감지되는 것은 삶의 진실에 대한 시인의 이 같은 깨달음과 무관한 것이 아니리라.

"에움길은 본디 없다"라는 삶의 진실에 대한 깨달음을 이야기하는 자리에서 반드시 짚고 넘어가야 할 작품이 있다면, 이는 「열려라 참깨」일 것이다. 이 작품은 물론 길 위를 떠도는 시인과는 관련이 없다. 하지만 어찌 길 위를 떠도는 이가 시인뿐이겠는가. 아니, "에움길은 본디 없다"라는 인간의 실존적 상황에 노출되어 있는 이가 어찌 시인뿐이겠는가. 시인의 눈길에 포착된 "할머니"도 집을 떠나 길 위에 있지 않은가. 「열려라 참깨」는 길 위에서 갈 곳 몰라 하는 인간의 모습을 더할 수 없이 생생하게 보여 주고 있거니와, 우리는 간략하게나마 이 작품에 눈길을 주지 않을 수 없다.

블라우스 꽃잎처럼 시르죽은 할머니가
아파트 현관 계단에 몇 시간째 앉아있다
손에 쥔 주소 쪽지에 물기가 번져난다

지문 혹은 숫자로만 속을 뵈는 문 앞에서
CCTV 카메라가 속곳까지 더듬을 동안
모들뜬 눈빛에 쫓겨 속절없이 해는 지고

푸성귀 한 단조차 돈으로만 주고받는
풀기 없는 낯선 땅이 뭐 그리 황홀한지
아들은 고향 문전을 다녀간 지 여럿 해

짓무른 눈자위에 노을마저 풀어지고
천일야화 주문들도 땅거미에 묻혀갈 때
뜻 모를 꼬부랑말이 명치끝을 찌른다
　　　　　　　　　　　　—「열려라 참깨」 전문

　아들의 고향이자 자기 삶의 터전을 지키고 있던 어느
한 할머니가 어떤 이유에선지는 몰라도 도시에 사는 아
들의 집을 찾게 되었다. 그런데 아들의 집에 도착했지만
안으로 들어갈 수가 없다. 추측건대, 아들이든 며느리든
손주든 모두 집을 비우고 어딘가로 나가 있기 때문이리
라. 그리하여 할머니는 "아파트 현관 계단에 몇 시간째
앉아있다." 할머니의 여행길이 쉽지 않았음을 암시하기
라도 하듯, 시인의 눈길은 할머니의 "손에 쥔 주소 쪽지
에 물기가 번져"나는 것도 놓치지 않는다. 아무튼, "지문
혹은 숫자로만 속을 뵈는 문 앞에서" 할머니는 "속절없
이 해[가] 지"는 시간까지 기다림에 기다림을 이어갈 뿐
이다. "CCTV 카메라가 속곳까지 더듬"지만 할머니가 아
들집의 문 앞에서 속절없이 기다리고 있다는 사실은 아
들이나 아들의 가족조차 모르고 있을 정도로 그 누구의

관심사도 아니다.

할머니가 아들의 집을 추측건대 '예고 없이' 찾아온 이유는 무엇일까. 모르긴 해도, 그 이유를 말해 주는 것이 셋째 수이리라. "푸성귀 한 단조차 돈으로만 주고받는/ 풀기 없는 낯선 땅이 뭐 그리 황홀한지" 아들이 오래 전에 다녀가고 소식이 없어, 그의 집을 찾은 것이리라. 하지만 앞서 확인했듯 할머니는 아들의 집에 들어갈 수 없다. "짓무른 눈자위에 노을마저 풀어지고/ 천일야화 주문들도 땅거미에 묻혀갈 때"까지도 할머니는 기다리기만 할 뿐이다. 그런 할머니의 "명치끝을 찌"르는 것이 있다면, 이는 바로 "뜻 모를 꼬부랑말"이다. 온갖 완벽하고 철저한 보안 및 경비 시설뿐만 아니라 "뜻 모를 꼬부랑말"이 범람하는 오늘날 우리나라의 현실에 대한 시인의 비판적 시선이 감지되지 않는가. 하지만 우리가 보기에 이 시가 전하는 무엇보다 강력한 메시지는 "에움길은 본디 없다"가 아닐지? 아니, 이를 넘어서서 '에움길'은커녕 '앞으로 나아갈 길' 또는 '안으로 들어갈 길'조차 "본디 없다"가 아닐지? 그와 같은 막막한 상황으로 치닫는 것이 오늘날의 우리 사회와 현실이 아닐지? 시의 제목이 암시하듯, "열려라 참깨"와 같은 마법의 주문이 아쉽기는 하나 어디에서도 이를 찾을 수 없는 것이 우리의 엄연한 현실인지도 모른다.

결結, 야생의 꽃들 사이에서

요컨대, '에움길 없는 외길' 위에 놓인 것이 오늘날 우리 시대와 현실 속 인간의 모습임을 비판적으로 보여 주는 것이 임채성의 시 세계다. 자의적인 판단일 수 있겠지만, 모름지기 시조가 시조인 까닭은 그 저변에 놓인 도저한 현실과 사회에 대한 비판 정신 때문일 것이다. 시조다운 시조라면 어느 시대의 그 어떤 작품을 보더라도 근원적으로 인간사에 대한 이해와 고뇌와 비판에서 비롯된 것임을 잊지 말아야 한다. 심지어 음풍농월의 시가로 치부되는 시조들조차 단순한 음풍농월의 시가가 아닌 경우가 적지 않다. 즉, 음풍농월이라는 눈앞의 장막을 거두면 그 뒤에서 고뇌하고 신음하고 있는 인간이, 인간적이고 너무나 인간적인 고뇌하는 인간이 우리의 눈길을 어지럽힐 때가 적지 않다. 임채성의 작품에서 시인과 시인이 관심의 끈을 놓지 않는 모든 사회적 약자와 피해자들이 그러하듯.

이렇게 말한다고 해서, 임채성의 시 세계가 시선의 준엄함과 비판의 무거움만을 간직하고 있다는 뜻은 아니다. 시인이 때로 각박한 인간 세계를 벗어나 있는 그대로 자연의 아름다움에 젖기도 한다. 세상의 온갖 꽃들을 찾고 이와 마주하는 시인의 눈길이 담긴 이번 시집의 제5부가 보여 주듯. 그렇지만, '윈바라기'로서의 시인의 개성에 방점을 찍기라도 하듯, 시인이 찾거나 눈길을 주는 것은 할미꽃, 붓꽃, 개불알꽃, 나도바람꽃, 너도바람꽃, 소리쟁이, 얼레지, 겨우살이, 억새, 망초 등 야생화들 또는 잡초에서 피어난 꽃들—시인의 표현에 따르면, "꽃밭 번지 아[닌]" 꽃들(「소리쟁이」)—이다. 이 같은 야생의 꽃들을 찾아가 만나 노래하는 시인의 목소리는 때로 따뜻하고 다감하다. 다음 예에서 보듯.

> 결국엔 너도 바람
> 꼬리 없는 바람이었어
>
> 겨울의 깍지를 푼
> 눈꽃과 꽃눈 사이
> 봄방학 그 며칠 동안
> 머물다 간 소녀처럼
>
> —「너도바람꽃」 제2수

너도바람꽃은 이른 봄에 피는 야생화로, 이때의 '바람꽃'이라는 말은 바람과 꽃의 합성어로 볼 수 있다. 한편, '너도-'는 '나도-'와 함께 종류가 같지만 모양이 다르거나, 종류가 다르지만 모양이 같은 식물을 지칭할 때 동원되는 표현이다. 추측건대, 너도바람꽃이 바람꽃 가운데 하나로 불리게 된 것은 봄바람이 불기 시작한 시기에 꽃을 피우기 때문이 아닐지? 또는 봄바람에 하늘거리는 너도바람꽃의 모습이 봄바람을 몰고 온 것처럼 보이기 때문 아닐지? 아니, 어느 사이에 불기 시작한 봄바람과 함께 피었다가 곧 자취도 없이 사라지는 봄바람과 함께 지는 야생화가 바로 너도바람꽃이기 때문 아닐지? 이처럼 너도바람꽃 역시 "결국엔" 봄바람과 다름없기에 그런 이름이 붙여진 것 아닐지? 위에 인용한 「너도바람꽃」의 둘째 수에서 보듯, 시인은 이 모든 추측을 더할 수 없이 간명하면서도 생생한 언어로 시화하고 있다. 「너도바람꽃」에서 특히 산뜻하고 참신한 시적 표현을 담고 있는 부분이 제2수의 중장과 종장에 해당하는 "겨울의 깍지를 푼/ 눈꽃과 꽃눈 사이/ 봄방학 그 며칠 동안/ 머물다 간 소녀처럼"으로, '겨울이 깍지를 풀다'는 누구도 흉내 내기 어려운 임채성 특유의 언어 감각을 감지케 하는 표현이라는 것이 우리의 판단이다. 아울러, '눈꽃'과 '꽃눈'의 대비에서도 우리는 시인의 뛰어난 언어 감각을 감지하지 않을 수 없다. 뿐만 아니라, 너도바람꽃을 "봄방학 그 며칠 동안/ 머물다 간 소녀"에 비유함도 결코 예사로운 언어 감각의 산물이 아니다.

위의 예에서 우리는 대상을 바라보는 따뜻하고 다감한 시인의 마음과 눈길을 확인하지 않을 수 없다. 어쩌면, 여기서 확인되는 임채성의 마음과 눈길은 어디서도 찾아보기 어려울 만큼 그만의 독특한 것으로, 그가 세상을 남다르고 새롭게 때로는 엉뚱하게 보는 '타고난 왼바라기'임을 확인케 하는 또 하나의 증거일 수도 있겠다. 이같은 시인의 마음과 눈길을 따라가는 동안 우리는 그가 때로 악의 없는 장난기까지 드러냄을 목격하기도 하는데, 다음의 예를 주목하기 바란다.

> 목마른 사랑일수록
> 몸은 더 뜨거워진다
>
> 보랏빛 깡동치마 속살 훤히 드러낸 채
>
> 어서 좀
> 안아 주세요
> 몸을 꼬며 웃는 소녀
>
> ―「얼레지」 제2수

얼레지 역시 봄에 꽃을 피우는 야생의 식물로, 꽃이 핀 모습을 보면 가늘고 긴 꽃줄기 위에 수줍어 고개를 숙인 "소녀"처럼 아래쪽 땅을 향해 피어 있음을 관찰할 수 있다. 얼레지의 꽃이 지니는 독특한 특징 가운데 또 하나는 꽃을 형성하는 피침형披針形의 꽃잎 6장이 모두 위를 향해 젖혀져 있다는 사실일 것이다. 고개를 숙인 듯 아래를 향한 꽃의 꽃잎들이 위쪽으로 말려 있는 것이다. 시인은 이 같은 독특한 형태의 꽃에서 "사랑"에 "목마른" 만큼 "몸[이] 더 뜨거워진" 소녀의 모습을, "보랏빛 깡동치마 속살 훤히 드러낸" 소녀의 모습을, 그리고 "몸을 꼬며 웃는 소녀"의 모습을 본다. 그런 소녀가 말한다. "어서 좀/ 안아주세요." 다소 외설스러운 분위기까지 띠고 있는 이 같은 표현에서 시인의 익살과 장난기가 감지되지 않는지? 하지만 이는 결코 외설을 위한 외설이 아니다. 어찌 보면, 이를 통해 시인이 암시하고자 하는 것은 인간은 물론 자연의 모든 생명체가 지닌 생명과 사랑을 향한 본능적인 욕구일 수 있다.

사실 시인의 꽃 찾기는 자연의 꽃을 향한 것만이 아니다. 「누항陋巷의 꽃」에서 확인할 수 있듯, 그의 마음과 눈길은 꽃보다 더 아름다운 삶을 사는 사람들—아니, "때깔 고운 꽃이 되길 거부한 꽃"인 야생화처럼 눈에 띄지 않은 곳에서 곱고 아름다우며 성스러운 삶을 살아가는 사람들—을 향하기도 한다. 요컨대, 꽃을 향한 시인의 마음과 눈길은 궁극적으로 인간의 삶과 세상에 대한 성찰을 위한 것이지 자연의 아름다움에 대한 나른한 서정적 시화가 아니다. 바로 여기서도 우리는 시조의 존재 이유를 재확인할 수 있거니와, 시조란 인간의 삶과 현실에 대한 관찰을 위해 존재하는 시적 장치이지 자연의 초월적이고 영원한 아름다움에 다가가기 위한 수단이 아니다. 이를 확인하기라도 하듯, 임채성은 "피면 곧 지는 것이 세상 모든 꽃"이라는 경구警句가 담긴 다음과 같은 연시조—그것도 시조의 정격正格을 조금도 흐트러뜨리지 않은 연시조—로 이번 시집을 마감하고 있다.

너 떠난 저문 뜰에 파문처럼 놀이 진다
빛바랜 하냥다짐 달도 마냥 수척해지고

이 가을 베갯머리가 찬 이슬에 젖는다

피면 곧 지는 것이 세상 모든 꽃이더라
봄여름 비와 바람 씨방에 쟁이는 저녁
고양이 새된 울음이 빈 어둠을 흔든다

밤 도운 지평에도 해맑간 아침은 오고
짧기만 했던 사랑, 돌아보는 꽃대 위로
옹글게 비추는 볕살
등마루가
뜨겁다

　　　　　　　　　　　　—「아람이 벌기까지」 전문

　　추측건대, 시인이 아끼고 사랑하던 꽃이 뜰에서 진 것
이리라. 그런 정황에 시인이 느낄 법한 이별의 안타까움
을 이해하기라도 하듯 "달도 마냥 수척해지고/ 이 가을
베갯머리가 찬 이슬에 젖는다." 하지만 시인은 감상感傷
에 굴복하지 않는다. "피면 곧 지는 것이 세상 모든 꽃"
임을 알기에. 아울러, 꽃이 졌지만, "봄여름 비와 바람"
을 차곡차곡 쟁이고 있는 "씨방" 안에서 맺은 열매가 영
글고 곧 "아람이 벌" 것임을 알기에. 비록 지금은 그 모
든 생명의 아우성이 잦아들고 "고양이 새된 울음이 빈
어둠을 흔"드는 "저녁"과도 같은 시간—즉, 가을—이지
만, "빈 어둠"이 곧 가시고 "밤 도운 지평에도 해맑간 아
침은 오"리라는 것을, "짧기만 했던 사랑, 돌아보는 꽃대

위로/ 옹글게" "볕살"이 다시 비추리라는 것을 알기에. 그러한 "볕살"이 "등마루"를 뜨겁게 하리라는 것을 알기에.

　어찌 보면, 셋째 수는 첫째 수와 둘째 수의 시적 배경인 저녁과 밤이 가고 다시 아침이 왔음을 암시하는 것일 수도 있겠다. 즉, 이 작품은 저녁에서 그 다음 날 아침까지의 시간을 담고 있는 것으로 볼 수도 있으리라. 어느 쪽이든, 이 작품을 통해 시인은 "피면 곧 지는 것이 세상 모든 꽃"이라는 깨달음뿐만 아니라 '지면 곧 피는 것이 세상 모든 꽃'이라는 깨달음까지 암시하고 있는 것은 아닐지? 아울러, 이때의 진 꽃은 꽃처럼 아름답고 꽃처럼 소중하던 누군가의 죽음을 암시하는 것일 수도 있지 않을까. 정녕코 인간의 죽음도 꽃의 짐과 한가지일 수 있다. 꽃의 짐이 씨방 안에서 맺은 열매가 영글어 마침내 "아람"이 버는 과정에 피할 수 없는 것이듯, 인간의 죽음도 튼실한 삶의 열매가 맺고 영글어 그 모습을 환히 드러내는 과정에 피할 수 없는 것이 아닐까. 이 시에서 시인은 이뿐만 아니라 그 열매가 또한 새로운 삶의 꽃을 피울 것임을 노래하는 것으로 읽히기도 한다.

　이처럼 자연을 노래하더라도 여전히 인간의 삶과 현실에 대한 관찰과 이해를 동시에 이끄는 시조 시인 임채성의 노래는 시조 시단에 더욱 튼실하고 값진 열매를 약속할 것이다. 바라건대, 임채성의 시조 창작 활동이 "아람이 벌기까지" 더욱 활발하고 왕성하게 이루어지기를! 그리하여 우리의 시조 시단이 더욱 풍요로운 결실의 즐거움을 누리기를 희망한다.